*Crónicas de Biodiversilandia*

*Crónicas de Biodiversilandia*

# CRÓNICAS DE BIODIVERSILANDIA

**JUAN CARLOS CATIZONE**

*Crónicas de Biodivers*

© 2023, Juan Carlos Catizone
Impresión y editorial: BoD – Books on Demand
info@bod.com.es - www.bod.com.es
Impreso en Alemania – Printed in Germany
ISBN: 9788413735009

## PREFACIO

Quiero dar las gracias a mi amigo Eduardo González por ornar y enriquecer esta humilde publicación con las bien temperadas palabras de su prólogo. Si el haber llevado a término esta obra solo sirviera para ofrecer un pálido testimonio del maravilloso rastro de enjundia y de belleza que dejó a su paso este gran ser en mi vida, yo estaría más que satisfecho.

Doy también las gracias a mi hermana Paola Catizone por el dibujo de cubierta de este libro.

Juan Carlos Catizone

## JUAN CARLOS CATIZONE, NARRADOR AL FIN

(Prólogo de Eduardo González Ascanio)

Hace años oí la voz de un niño improvisar historias infernales con un énfasis aterrador, énfasis que probablemente fuera acentuado con unos ojos como cavernas y unos inquietantes brazos abiertos. Aquella voz infantil, grabada en una vieja cinta magnetofónica, era la del autor de estos cuentos, *Crónicas de Biodiversilandia*, en los que el escritor se desenvuelve ahora con la pulcritud desapasionada de un cronista responsable y documentado. Con esa fría y difícil distancia al contar puede sumergir a quien lo lea en hechos y ambientes dominados por el estupor y el enigma, un tanto a la manera de E.A. Poe y de Lovecraft, narradores de referencia y, más indirectamente, a la manera de los numerosos autores de ciencia-ficción a quienes debe horas de lectura entregada.

Buena parte de los cuentos de este volumen se cobijan directa o indirectamente bajo la sombra alargada de los Apartamentos Astoria, en la isla de Gran Canaria, donde se llegó a albergar en los años 70 un microcosmos de gente venida de Marruecos, el Sáhara, Mauritania, Senegal, Gambia o Guinea Conakry, que se comunicaban en árabe, uolof, francés o castellano, un microcosmos con su propio historial de prodigios, como puertas aparecidas sin explicación en las paredes, puertas tras de las cuales desaparecen personas para siempre. En otras ocasiones, el autor nos presenta la línea delgada entre la autenticidad y la farsa en asuntos de misterio y de poderes ocultos provenientes de otras coordenadas culturales, o en manos de sugestivos psicópatas, o bajo el influjo de sustancias que alargan extraordinariamente la vida, o en estados de superación y curación que sobrevienen involuntariamente a partir de prácticas espirituales abandonadas años antes. La naturaleza de cada una de esas circunstancias, y su presunto conocimiento al detalle, procuran por sí mismos la tensión de estos relatos, hasta el punto que el autor -como buen prestigitador- puede sustraer a la atención de los lectores los ardides que ha empleado para ir aumentando la intensidad de estos sucesos, o incrementando la complejidad de sus tramas como si tal cosa.

Confío en el que el autor no me recrimine desvelar algo de su peregrinaje musical, laboral y espiritual por varios países y asimismo en su propia isla. Juan Carlos Catizone ha sido monje, vendimiador, cantante, compositor e iniciado en diversas experiencias singulares. Todo ello lo ha convertido en un trotamundos conocedor de primera mano tanto de maravillas como de trastiendas siniestras que de una forma u otra lo han dotado y enriquecido. Su atracción por lo fronterizo también le ha aproximado a circunstancias al límite, como la marginación y la inmigración enraizada, y le ha presentado mundos que también conforman la sociedad más allá de lo convencional y de las apariencias.

Su gran afición musical desde joven lo ha forjado como creador de la música y de la letra de muchas canciones, y como divulgador musical con un nutrido blog que mantiene desde hace tiempo y en el que ha ejercitado su afición a escribir, afición que ha desembocado finalmente en la narrativa. Catizone es autor de una novela breve, *La cámara tenebrosa* y de dos conjuntos de cuentos, *El abrazo infinito* y el presente, *Crónicas de Biodiversilandia,* obras con las que de alguna forma vuelve al niño aquel que improvisaba historias tétricas tal vez con ojos como cavernas y unos inquietantes brazos abiertos.

Eduardo González Ascanio

## LA PUERTA DEL MISTERIO

I

El edificio de Apartamentos Astoria se había convertido, desde mediados de los '70, en un auténtico gueto africano, cuya población a lo largo de décadas fue creciendo y desarrollándose conforme a sus propias idiosincrasias, en las proximidades de una de las zonas más importantes de Las Palmas de Gran Canaria, tanto desde el punto de vista turístico, como del comercial y administrativo. Su imponente mole ocupaba toda una manzana del barrio de Guanarteme.

Al igual que un fractal, este mastodóntico inmueble, reunía en pequeño prácticamente todas las variedades étnicas del área noroccidental del continente africano. Allí convivían gentes de Mauritania, Malí, Senegal, Gambia y Guinea Conakry, entre otras. Los locutorios que desde este gran edificio daban a la calle Fernando Guanarteme y alrededores, estaban plagados de carteles en árabe, *wolof*, francés o castellano, en los que se ofrecía desde un corte de pelo con mechas al estilo *afro*, hasta el arriendo de una plaza de litera en uno de los apartamentos del edificio.

Construido a comienzos de la década de los '60, cuando estallaba el *boom* del turismo de masas en Gran Canaria, que entonces tenía casi por único destino la ciudad de Las Palmas, el Astoria era un lujoso Aparthotel de siete plantas, en el que se hospedaban turistas que procedían mayoritariamente del centro y el norte de Europa. Su gran proximidad a la Playa de Las Canteras, que ya desde entonces era considerada como una de las mejores playas urbanas del mundo, lo convertía en una de las opciones turísticas más atractivas de la ciudad.

Sin embargo, poco después de su construcción, en Maspalomas, playa ubicada al sur de la isla, se puso en marcha un ambicioso plan de urbanización del litoral con fines turísticos, que no tardó en atraer a casi todos los visitantes europeos, dejando la ciudad de Las Palmas en un segundo plano.

Debido a eso, a comienzos de los '70, los apartamentos Astoria fueron vendidos a distintos particulares, y el lujoso Aparthotel pasó a convertirse paulatinamente, en una comunidad de propietarios, atraídos, en su mayoría, por la idea de seguir explotando sus apartamentos alquilándolos a turistas de alto nivel adquisitivo.

Sin embargo, por una serie de circunstancias entre las que se encuentran las ya descritas, la zona fue perdiendo rápidamente atractivo para los foráneos, y los apartamentos se empezaron a arrendar como viviendas de bajo coste. Eso favoreció el hecho de que poco a poco se convirtiera en uno de los lugares con peor reputación de la ciudad: la prostitución, el tráfico de drogas y la violencia estaban a la orden del día dentro de ese antro y en las calles aledañas.

El bajo precio de los alquileres, con el tiempo, atrajo a otro perfil de inquilino: el inmigrante subsahariano, de escasos recursos económicos, pero generalmente honesto y trabajador, que luchaba por abrirse camino en Canarias, y que casi (aunque nunca del todo) acabó desplazando a los perfiles anteriores. A decir verdad, era, por lo general, bastante remiso a integrarse en la sociedad que, por así decirlo, lo acogía, salvo en el caso de que se tratara de conseguir trabajo.

Las barreras del idioma, de la educación, de las costumbres, y sobre todo, de la religión, hacían comprensibles tales reticencias, que luego, en las nuevas generaciones, fueron atenuándose hasta desaparecer casi del todo.

De hecho, la hija de Aissata Ba, Raki Ba, una hermosa muchacha mauritana de etnia *peul*, había crecido en Las Palmas, hablaba el idioma castellano con acento canario, iba a clases en un instituto de bachillerato, salía con amigos españoles, pero, al mismo tiempo, se esforzaba en mantenerse integrada entre la gente de su pueblo.

Es, para cualquier persona, una situación bastante delicada la de vivir entre dos culturas tan distintas y en más de un aspecto contrapuestas, tratando de conciliarlas sin lastimarse ni lastimar a nadie.

Su madre, Aissata, por ejemplo, al ver a un cura pasándole el cáliz a los parroquianos en una misa transmitida en televisión, se escandalizaba de que los cristianos bebieran vino en su templo, y además, instigados por el mismísimo sacerdote oficiante. ¿Cómo se lo podía explicar, sin correr el riesgo de que su madre sospechara que ella también había probado el alcohol, y peor aún, de que su hija fuera una borracha?

Raki se encontraba en casa de su tía, en la segunda planta del edificio de Apartamentos Astoria, rodeada de niños que la escuchaban mientras les contaba fábulas tradicionales del Foutha, la fértil región de la que procedían ella y su madre, a orillas del rio Senegal.

A veces también les contaba cómo vivían sus abuelos allá, junto al gran rio, que había que cruzar en balsa para poder ir a comprar o vender abastos a la otra orilla, perteneciente a la República de Senegal, espantando los cocodrilos a golpe de remo.

Allí, en los Apartamentos Astoria, su gente había vivido el tiempo suficiente como para crear su propio y exclusivo bagaje de mitos y leyendas que pasaban de boca en boca; historias cómo las que las abuelas de África les cuentan a los niños junto al fuego del hogar. La leyenda de La Puerta, basada en el testimonio de varios inquilinos de esos apartamentos, es un claro ejemplo de ello.

Djop era un chofer profesional, pariente de Raki, y había adquirido una furgoneta de segunda mano en la que transportaba todos los días laborables, de madrugada, a un grupo de africanos que iban a trabajar a las fincas de tomates de Vecindario, a cambio de unos euros. Él les solía contar que junto al apartamento número 218, donde vivía el sastre que hace *Boubous* y otras prendas de vestir por encargo, vio un día una puerta cerrada y sin número, que nunca había visto antes. Al día siguiente pasó por el mismo sitio, y allí, para su sorpresa, ya no había puerta alguna.

En otra ocasión, Kumba, la cocinera que guisaba y despachaba raciones de *Thieboudienne* (plato tradicional del África subsahariana, con pescado, arroz y salsa de tomate como ingredientes principales) en su propia casa, vio una puerta entreabierta al fondo de un pasillo del cuarto piso; lo raro era que allí jamás hubo ni llegó a haber ninguna puerta.

Lo mismo aseguraban haber visto en otras partes del edificio Mamadou, el que sabe cómo fabricar talismanes, y Aminata, la que vende *okra* y *netetou* traídos de África, de puerta en puerta.

El colectivo de inquilinos se había acostumbrado a vivir con el temor a esa puerta misteriosa, a pesar de que paralelamente a cada una de sus apariciones (que, por otra parte, no eran muy frecuentes), solía detectarse la desaparición de una o varias personas que habitaban en el edificio.

Los inmigrantes desaparecidos eran personas trabajadoras y tranquilas, y en cuanto a los demás, solo se echó en falta a una mujer toxicómana y prostituta, que vivía en el primer piso, quien, a pesar de su condición, era muy querida y respetada: todos la recordaban como una pobre mujer con un corazón demasiado grande y bueno cómo para soportar la ruindad de este mundo.

Consultaron al Imán de la mezquita de Guanarteme, un árabe con ojos de mirada fija, casi bovina, acerca de estos hechos insólitos, y este, sin parpadear, afirmó que esto solo podía deberse a un sortilegio realizado por un brujo cristiano, que trataba de extraviar a los verdaderos creyentes, y enviar a los indecisos y casquivanos que, por imprudencia o por curiosidad malsana cruzaran esa puerta, al infierno cristiano.

Algunos, poco convencidos por esta explicación, aunque viniera de la máxima autoridad del islam en Las Palmas, acudieron al Marabú que vivía en el apartamento 520.

El Marabú, para los negros subsaharianos, es un hombre religioso, favorecido con ciertos dones, que adopta el rol de curandero y de guía espiritual.

Se supone que es una figura anterior al Islam, perteneciente a las religiones animistas que lo precedieron, y que logró sobrevivir al integrarse al mismo. Es muy frecuente que las palabras del Marabú tengan más peso para el negro musulmán que las del Imán, a la hora de tomar una decisión importante.

Además, la población negra del noroeste de África tiene un estilo más relajado e informal de tomarse los preceptos islámicos, que la árabe o bereber: baste ver la diferencia en el vestir entre las mujeres negras y las árabes. La mujer negra lleva normalmente vestidos de mangas cortas, ligeros y frescos, de muchos colores. No se la obliga a ponerse un velo delante de la cara, y solo lleva tocado en caso de estar casada.

Ya estaba oscureciendo, y la propia Raki sintió un ligero estremecimiento al contarles a los niños, quienes la miraban con los ojos desorbitados, que alguien le había revelado lo que el Marabú dijo acerca de la puerta:

En la época de máximo esplendor del Aparthotel Astoria, un francés rico y sabio que venía de oriente con un grupo de seguidores, hizo cerrar el establecimiento durante tres días, tras ofrecer una elevada suma de dinero a sus propietarios. Nunca se supo lo que se hizo allí en esos tres días, pero corrió el rumor de que el francés era un Marabú, y que, de algún modo, había abierto una puerta a otro mundo. Una puerta que solo se mostraba y abría a aquellas personas que estuviesen en sintonía con lo que había tras ella.

Uno de los niños, boquiabierto, atinó a preguntar: —Y, ¿cómo es ese mundo, Raki?

Ella respondió esbozando una sonrisa:

—Maravilloso, Moussa, el Marabú dijo que es un lugar maravilloso...

Cuando Raki terminó su relato ya había oscurecido del todo. Despidiéndose salió al corredor poco iluminado y vacío.

Sonrió al darse cuenta de que ella misma estaba sucumbiendo a los efectos atemorizantes de su propio relato, y que temblaba imperceptiblemente. Armándose de valor, siguió caminando hacia adelante, no sin repetir incansablemente y en voz susurrada la jaculatoria: Allahu Akbar (Alá es grande).

La humedad saturaba el aire. La podía oler en sus prendas de ropa y hasta en su piel. Como si fuera el mismo espíritu del mar, después del atardecer trepaba por el edificio, y se alojaba en sus paredes que, en las zonas comunes, hacía tiempo que necesitaban una mano de pintura, y estaban llenas de manchas, rayaduras, suciedad y grafitis.

Mientras andaba por los pasillos hacia el apartamento de su madre, trató de distraerse escuchando la música de un disco compacto, que provenía del interior de una de las minúsculas viviendas, cuya puerta en ese momento estaba entreabierta. Era la voz de Baaba Maal, que, acompañada por la *kora*, una especie de arpa africana, cantaba, y por momentos recitaba, un largo poema épico *peul*. La puerta se abrió del todo, y de ella asomó su amiga Aminata, saludándola efusivamente mientras agitaba su mano.

Raki fue hacia ella, como quien trata de agarrarse a un salvavidas, y a partir de ese momento se dirigieron mutuamente una retahíla de preguntas y respuestas en francés y *wolof*, una suerte de formulario que se repite de memoria, siguiendo un estricto protocolo. Así es su manera de saludar, sobre todo entre las mujeres, que incluye, además, una larga lista de cumplidos y buenos augurios, en los que se expresan deseos de bienestar, prosperidad y bendiciones para uno y para toda su familia. Es importante no dejar traslucir ningún problema o malestar real: yo estoy bien, tú estás bien. Solo una vez terminado el ritual, uno puede empezar a sincerarse y a hablar de lo que le pasa realmente, si es que se encuentra ante alguien de confianza.

De nuevo a solas con sus pensamientos, Raki giró a su izquierda para adentrarse en un pasillo en el que una de las dos bombillas que colgaban del techo se había fundido hacía ya varios meses, sin que nadie se tomara el trabajo de reemplazarla por una nueva. Al fondo del pasillo, la otra bombilla, casi del todo gastada, irradiaba una luz rojiza, mortecina, como de un sol que está a punto de convertirse en agujero negro. Raki tuvo miedo. No de la puerta, ni de ninguna leyenda. Tuvo miedo de los toxicómanos blancos que a esas horas comenzaban a merodear por el edificio, presas de una adicción incontrolable. Tal vez los desaparecidos que hubo en el Astoria fueran sus víctimas… en su mente juvenil relacionó a esos blancos con los *zombis* de aquellas películas que tanto terror le causaban, y sintió un escalofrío que la recorrió desde la punta de los pies hasta la coronilla.

II

Ousmane y Abdou regresaban exhaustos de Vecindario. Iban en silencio, pensando solo en llegar a casa y descansar.

De pronto, varios metros a su izquierda, vieron a una chica que, dándoles la espalda, iba hacia el fondo de un pasillo iluminado de modo intermitente por una bombilla que despedía débiles chisporroteos rojizos. La reconocieron: era Raki, la sobrina de Djop.

Después de andar varios pasos, se detuvo de golpe, al reparar en que, a su izquierda, una puerta se abría lentamente a poco más de un metro de donde se encontraba, dejando penetrar en el pasillo lo que parecía ser un deslumbrante caudal de luz solar: la tibia luz de un sol de primavera.

—Imposible, —pensó Abdou —ya es de noche...

Raki avanzó hasta ubicarse frente a la entrada y se detuvo a mirar lo que había más allá. La luz que salía de aquella puerta iluminó de lleno su rostro. Tras un breve titubeo, sonrió, y finalmente, entró.

Los dos africanos, que en ese momento se habían quedado petrificados, juran haber visto exactamente lo mismo: unos segundos después de que Raki la cruzara, la puerta, simplemente, se desvaneció. El pasillo volvió a estar iluminado por aquella bombilla agonizante, y en lugar del hueco por el que minutos antes Raki había entrado, se alzaba, maciza, la pared.

Nunca se supo más de Raki, aunque, en torno a su persona se han ido elaborando increíbles leyendas. La suya es una historia que trascendería los límites del gueto africano de los apartamentos Astoria, y que señalaría su fin.

En efecto, el edificio acabó cerrándose al público unos años más tarde, ya que había caído en unas condiciones de extremo abandono, y se había convertido en un punto de encuentro de ocultistas, buscadores, místicos, atormentados y soñadores, los cuales, armados de micrófonos, cámaras y otros dispositivos electrónicos, formaban largas colas para poder acceder allí.

## EL DIOS DEL NOVENO

—Dios es puro placer, y el demonio, puro dolor —Sentenció Haresh.

—Decidme, ¿Qué es lo que vuestro corazón lleva anhelando desde que erais tan solo unos críos? Felicidad, satisfacción, bienestar; desterrar el sufrimiento para siempre de vuestras vidas. Es así de sencillo, continuó, pero como siempre, vosotros, los seres humanos, lo complicáis todo.

—Dime Hamala, Jesús, el Buda, y otros gurús, ¿qué buscaban? La felicidad, sin duda. Y, sin embargo, ahí está el resultado real: Uno terminó crucificado, y el otro, antes de comprender lo que acabo de explicaros, casi se deja la vida en el intento, por su estúpido ascetismo.

—Vuestro Guru es diferente: él os dice que solo el placer puede conduciros al Placer.

—Pero Haresh —replicó otro —Si así fuera, todos los hombres licenciosos que se entregan a los placeres de la carne y del mundo, serían santos, venerables *mahatmas*.

—No todos, Narayan: si cada vez que disfrutáis de algo lo hacéis dándome en ofrenda a mi ese placer, en lugar de embruteceros y de convertiros en seres demoníacos, ese mismo placer, os elevará hacia la luz del gozo infinito. Yo vine al mundo para santificar lo que era pecaminoso, porque hasta vuestros intentos codiciosos de alcanzar a Dios son para mí un pecado.

Hablaba un español peninsular bastante afectado, pese a haber nacido y residido durante casi toda su breve existencia en Las Palmas de Gran Canaria (tenía apenas veinticinco años). De padre y madre indios y de religión hindú, solía referirse a sí mismo en tercera persona, y en ocasiones usaba también el plural mayestático.

Su padre, un acaudalado comerciante, propietario de varias tiendas de artículos electrónicos en la calle La Naval, próxima a la avenida de Las Canteras, lo había enviado un par de veces a Madrás, en la India, de donde era originario, para que conociese a toda su familia, e ingresara durante unos meses en un *Ashram* (centro de retiro donde se practican el yoga y la meditación, generalmente bajo la supervisión de un maestro), para ser educado por su gurú en una forma de espiritualidad auténtica. En la opinión de su progenitor, que como la mayoría de los hindúes residentes en las Palmas era de la etnia Sindhi, y pertenecía a los *Bhaiband* (casta tradicionalmente comercial), una recia y profunda espiritualidad era imprescindible para que su hijo tuviera un éxito asegurado en sus futuros negocios.

El muchacho regresó de su segundo viaje a la India visiblemente transformado. Jamás quiso hablar acerca de la experiencia que le había causado ese cambio, pero era evidente que ya no era el mismo.

En sus ojos brillaba una certeza que resultaba muy inquietante para todos los que lo conocían desde la infancia.

Haresh siempre había sido un niño engreído, trataba muy mal a la servidumbre, constituida casi siempre por chicas preadolescentes que su padre se hacía enviar de la india y a las que jamás se permitía salir de la casa.

Siempre había tenido una actitud de superioridad y una pasmosa indiferencia con respecto a las consecuencias que sus actos pudieran tener sobre los demás.

Nunca había mostrado ni indecisión ni inseguridad, al contrario, su confianza en sí mismo, su despreocupación por los daños que podía causar, lo hacían exponerse al peligro mucho más allá de lo recomendable.

Pero en esa certeza que ahora emanaba de su actitud y de su mirada, en esa seguridad propia de un dios, había algo más: algo sobrehumano, o más bien... inhumano.

Pronto Haresh se hizo con algunos discípulos. Al principio se reunían en su casa, donde su madre y sus hermanos lo observaban, entre atemorizados y orgullosos, mientras se autoproclamaba la última reencarnación de Maitreya, que regresaba en un cuerpo físico para instruir a la humanidad en estos días fatídicos, que serían los que anteceden al fin de los tiempos.

Su madre, una señora de ideas algo rígidas, tenía en el amplio dormitorio conyugal un magnífico santuario que olía a incienso y pachuli, consagrado a Sathya Sai Baba, La Virgen del Pino, la Candelaria, Guru Nanak, Santa Rita, Shiva, San Judas Tadeo y otros. Ella pasaba gran parte de su tiempo rezándole a todos esos seres divinos, algunos de los cuales eran aún de carne y hueso, pues en la espiritualidad hindú eso no es considerado ni politeísmo, ni idolatría, ya que cada santo, gurú o dios no es más que una manifestación de una única divinidad: Brahman, el Creador.

La anciana estaba disgustada: su última sirvienta, una niña de casta inferior que se ocupaba de la casa y de todo lo que ella le ordenara, estaba dando muestras de rebeldía.
Se pasaba el día refunfuñando, lloriqueando. Un día llegó incluso a quejarse de que no se le pagara ni se la dejara salir a la calle. La dama estaba indignada ante tamaño atrevimiento, y no sabía cómo decírselo a su esposo, para que reenviase a esa infeliz de una vez a la India sin que su familia le diera, a su llegada, una paliza demasiado dura.

Muchos de sus compatriotas se escandalizaban ante el trato que daba esta familia a la servidumbre, y por esa razón, ella y su esposo solo invitaban a su casa a un círculo muy selecto de amistades. Se trataba de personas distinguidas, respetuosas de la tradición, y sin tantos prejuicios.

Las siguientes reuniones de Haresh con sus discípulos, que eran cada vez más numerosos, fueron en la playa. Las Canteras, con su arena color crema pálido, sus puestas de sol espectaculares, y su movimiento perpetuo de visitantes, era el marco ideal.

—Ama y haz lo que quieras, os dijo San Agustín. Y yo os digo: goza, y haz lo que quieras.
Poned en mis manos vuestros placeres, y yo los transmutaré en crecimiento espiritual, que os conducirá hacia el Placer Supremo.

Una chica canaria, sentada con los demás, formando un círculo en torno a Haresh, preguntó:

—Maestro, hablas con autoridad. Pero necesitamos que nos des alguna prueba de tu poder.

Él la miró a los ojos, sonriéndole con un velado paternalismo:

—*Siddhis*. ¿Queréis *Siddhis*?

—Depende de lo que sea eso. ¿Qué es? — Preguntó ella.

—Poderes psíquicos. ¿Cómo te llamas? – le preguntó con actitud de iluminado.

—Elena.

—Elena, en el *Ashram* donde recorrí hasta el final el camino que conduce a la Verdad, enseñan muchos truquitos como el que me pides. Yo os ofrezco algo más grande: el Gozo Absoluto.

— ¿El gran orgasmo?

—Sí, —dijo él con mirada cómplice.

La última pregunta le llegó como una insinuación por parte de Elena. Lo supo, no tanto por el mensaje en sí, sino sobre todo por su actitud, por el lenguaje no verbal de sus ojos, labios, y de todo su cuerpo.

En cualquier caso, aceptó el reto: entre los presentes había un niño que padecía una discapacidad.
Sufría una deformidad en un pie que le impedía andar correctamente. Haresh lo llamó y lo hizo sentarse frente a él. Le pidió que se descalzara, dejando a la vista de todos ese pie deforme, con un bulto horroroso en la parte superior de su planta.

Haresh pidió a todos los presentes que se cogieran de las manos y que repitieran una cantidad indeterminada de veces un mantra cuyo sonido, al parecer, es curativo.

Mientras se llevaba a cabo el recitado con sus respectivas repeticiones, el taumaturgo extendió su brazo izquierdo con la palma de la mano abierta hacia el sol, mientras dirigía la de la derecha hacia el pie del chiquillo, sin llegar a tocarlo. Este sintió un creciente calor en esa zona, que, finalmente, comenzó a arderle tanto como si en ese mismo momento estuviese sufriendo una intensa quemadura. Gritó, y todos fueron testigos de la gran sacudida que agitó todo su cuerpo.

Luego, aún incrédulos, miraron hacia abajo: su pie había adquirido una forma del todo normal. Todo en él había vuelto a su sitio, como si su cuerpo hubiese sido de goma.

El primero en no salir de su asombro fue el chiquillo, que, entre lágrimas, se deshizo en frases como: "¡Gracias Señor! ¡Alabado seas por siempre!"

A lo que el carismático joven respondió de forma lapidaria:

—Cosas mayores verás.

Elena lo siguió ya de regreso de la playa; parecía entusiasmada con él, hechizada como todos los demás. Volvían a sus casas convencidos de ser los apóstoles del último Buda o Jesús que pisaba la faz de la tierra. Pero ella solo quería ir tras él.

— ¿Eres Dios, Haresh? Le preguntó susurrante.

—Sí, Elena, igual que tú, aunque aún no lo sepas.

— ¿Si tengo sexo contigo, lo sabré?

—Tal vez —respondió él con una sonrisa casi imperceptible que nacía de sus ojos.

Haresh era un joven atractivo, y a sus veinticinco años ya tenía una dilatada experiencia con mujeres de todas las edades y procedencias.

Pero hubo una mujer que cambió drásticamente el rumbo de su vida. La conoció en la India, hacía dos años, en el ya mencionado Ashram. Se trataba de una dama rusa mucho mayor que él, que lo invitó a pasar la noche en su dormitorio. En cierto momento, la señora, que pertenecía a la alta sociedad parisina, presa de la pasión, le pidió que la golpeara con dureza. Contrariamente a lo que el mismo habría sospechado, Haresh se sorprendió haciéndolo a las mil maravillas. Sin perder el control en ningún momento, golpeó tan brutalmente a su amante, que esta tuvo que pedir ayuda a gritos, al temer por su vida. Afortunadamente no hubo que lamentar nada grave: varios cardenales, un ojo hinchado, y un ligero esguince. Se llamó a la policía, y la máxima autoridad del Ashram, un anciano Guru que iba descalzo y vestido apenas con un taparrabos, rogó a los agentes que lo sometieran a un examen psiquiátrico, temiendo que se lo llevaran directamente a los calabozos de la policía. Prometió, tanto al muchacho como a la dama, que ese episodio no trascendería de ahí.

A Haresh se le realizaron varias pruebas, y tras unos días de ingreso en un hospital psiquiátrico, los médicos determinaron que era un psicópata con pronunciados rasgos narcisistas.

Haresh manejaba mucho dinero, y sobornando generosamente aquí y allá a quien correspondiera, logró salir de la ciudad sin muchos problemas, consiguiendo incluso que se destruyera su historial clínico más reciente.

Se convenció de que ese *test* que le habían hecho era una soberana tontería, y que los médicos que lo atendieron no tenían la menor idea de lo que realmente le estaba ocurriendo. El sí que lo sabía: estaba acercándose a pasos agigantados a la Iluminación espiritual, ese estado que lo elevaría más allá del bien y del mal (que no son más que meras convenciones sociales creadas para el hombre ignorante).

A partir de ahí, su personalidad se fue transformando de un día para otro, a pasos agigantados.

Hasta que llegó el momento: Mientras violaba y hacía pedazos con un machete a una prostituta en Bombay, tuvo un fuerte ataque de risa, una carcajada cósmica que abarcaba el universo entero, que se hacía mofa de todos los seres sintientes, visibles e invisibles que lo habitan, con su tragedia cotidiana, y sus ilimitadas formas de sufrimiento. Ahora, en verdad, estaba seguro de haber alcanzado el Nirvana, sabía que era dios, ese dios que creó el universo para tener un juguete con el que entretenerse.

Haresh y Elena subían las escaleras que conducían al piso donde ella vivía, cerca de la Plazoleta de Farray, en la tercera planta de una vieja casa.

Mientras subían, Haresh saboreaba el intenso placer que le proporcionaría la carnicería que estaba a punto de acometer.

De hecho, una vez dentro de la casa, le escondió las llaves a Elena, para asegurarse de que no escapara. El segundo paso era taparle la boca con cinta de embalar para evitar que nadie pudiera oírla. Y el tercero, ir a la cocina a por todo objeto cortante o punzante que pudiera encontrar.

Cuando se abalanzó sobre ella para tapar su boca con la cinta que llevaba en la riñonera, Elena, escabulléndose, se apartó y lo apuntó con un revólver:

— ¡Alto! ¡Policía! ¡Manos arriba hijo de puta!

Del interior de la casa salieron otros tres agentes de paisano, apuntándolo con sus armas.

—Está usted acabado "Maestro" —le susurró la teniente Elena Márquez con profundo desprecio, sin dejar de mirarlo a los ojos.

— ¿Acabado dices? le rebatió riendo el joven: podría desaparecer ahora mismo y reaparecer en mi casa, si quisiera. O en cualquier otro sitio.

—Y ¿No podrías desaparecer definitivamente? Nos harías un favor inmenso a todos, basura.

Le espetó uno de los agentes. El dios reencarnado lo miró con los ojos muy abiertos, sorprendido por la impía ocurrencia, y prorrumpiendo, a continuación, en una sonora carcajada. A partir de ese instante, no paró de reír, de un modo que sonaba cada vez más inhumano, obsceno, repugnante.

El reo fue trasladado del lugar de los hechos a comisaría, y, durante todo el trayecto, entre carcajadas no dejó de repetir, remedando histriónicamente el acento londinense, las siguientes palabras: Number Nine, Number Nine, Number Nine….

La familia de Haresh estaba destrozada. En realidad, se lo esperaban, porque, aunque el responsable del *Ashram* nunca les llegó a contar lo sucedido allí con su hijo, habían recibido una carta sin remite de alguien que afirmaba haber estado allí en aquellos días, en la que se relataban los hechos en su totalidad. Aunque de forma unánime tacharon aquello de infame calumnia, el hecho fue que, a partir de entonces, empezaron a sentir hacia él un mudo pavor.

En el salón de la casa familiar, ubicada en un noveno piso de una plaza muy céntrica de la ciudad, un grande y oscuro cuadro se encontraba en lo alto del sofá, dominando visualmente todo el resto del mobiliario. Era una marina, una enorme marina en la que se veía una barca fondeada cerca de una pequeña playa de rocas y callaos, al caer del crepúsculo. En la barca, de pie, dos pescadores vencidos por el cansancio y la desazón recogían unas redes completamente vacías. El conjunto era de  un gris azulado, con unos débiles fulgores dorados sobre la superficie del océano en calma; el cielo, salvo al poniente, era plomizo, lo que confería al paisaje una descorazonadora melancolía.

La teniente Márquez, que había ido a tomarle declaración a toda la familia, se estremeció al contemplarlo: pensó que jamás pondría un cuadro así en su sala de estar.

—Porque nada, —se dijo, —nada podría expresar mejor que esto el corazón desolado y yermo de un psicópata.

## LA METAMORFOSIS DE FATOU

En aquella época yo compartía piso con dos personas. Pepe Magide, que era un arquitecto cubano de origen gallego, y Fatou, una muchacha de etnia *peul* y de nacionalidad mauritana, que cursaba sus estudios de química en la Universidad de Las Palmas. A diferencia de Magide, que, aunque se mataba trabajando de sol a sol nunca dejó de ser muy comunicativo, Fatou era bastante reservada y silenciosa. Solía pasar la mayor parte del tiempo en su cuarto.

Ella tendría unos veintidós años, y era de una extraordinaria belleza, aunque una quemadura le había desfigurado el rostro en su lado derecho. Aun así, aquella gran cicatriz queloide no era capaz de eclipsar su hermosura. Nunca nos atrevimos a preguntarle acerca del porqué de esa marca, aunque cuando en cierta ocasión un amigo mío, cirujano plástico, la vio, me aseguró por su aspecto, que aquella no era una quemadura hecha con fuego, sino con ácido.

La curiosidad me llevó a buscar información en internet acerca de su etnia, los *peuls*. El primer dato que me llamó la atención acerca de estos, era que no están adscritos a ningún país africano en particular: se asientan tanto en Mauritania, Senegal, Gambia, como más al sur, en Níger, Camerún, etc. Por esa razón tienen tantos nombres: en el área más próxima al rio Senegal se les llama *peuls*, y en otras, *Fulani, Fulbes, Fulas*, etc. y su idioma, que en cada región sufre algunas variaciones, es el *pular*, o *fulfulde*.

El *peul* es un pueblo ganadero, predominantemente musulmán, que destaca sobre los otros pueblos del África negra por su gran belleza física. Una de sus leyendas los hace proceder, en tiempos remotos, de Egipto, leyenda respaldada por el hecho de que sus rasgos delicados, sus cuerpos espigados, su piel color caoba claro, su nariz fina y ojos almendrados, nos podrían evocar fácilmente a los de Akenatón, Cleopatra o Nefertiti. Las fotos que vi en la red daban fe de ello, de modo especial las de las mujeres, muchas de las cuales habrían podido ser muy bien unas *top models* en Europa.

Pepe trabajaba en dos empresas a la vez como delineante mientras se esforzaba en convalidar su título de arquitecto en España, y siempre llegaba a casa a las 21 horas, tan cansado que solo le quedaba energía para irse directamente a la ducha, y de ahí a cenar y a dormir. Su tiempo libre se reducía a los domingos y festivos.

Tanto él como yo, nos preguntábamos cómo era posible que la familia de Fatou pudiera tolerar que ella conviviera con dos hombres, que además no eran ni siquiera musulmanes, viniendo como venía de una cultura tan retrógrada, especialmente en lo que atañe al sexo femenino. La explicación que ambos encontrábamos más verosímil era la de que sus padres, habiendo sido a su vez universitarios, - o al menos eso era lo que ella nos contó en cierta ocasión - tenían una mente más progresista y abierta a las costumbres occidentales. Otra posibilidad era la de que ella fuera huérfana de ambos progenitores, y se beneficiara de una renta procedente de su herencia. En ese caso, no tenía por qué rendirle cuentas a nadie, y si prefería compartir piso con dos hombres, solo era asunto suyo.

El hecho es que, en los tres años que duró esa convivencia, no logramos averiguar nada más acerca de ese asunto.

Magide, que, en sus contadas horas libres semanales, escuchaba mucho jazz, solía poner una y otra vez un disco de Chet Backer que hoy se encuentra entre mis favoritos y que se titula, sencillamente, *"Chet"*; recuerdo que me encantó oírle decir que el de Chet Backer era el sonido de trompeta de jazz más *zen* que había oído.

Me sentía muy agradecido por esa convivencia, entre otras razones porque musicalmente me beneficié de ella a dos bandas: por una parte, de lo que aprendí de Magide, que escuchaba mucha y muy buena música caribeña y jazz en general. Por otra, de Fatou, que solía pasarme mucha música del África subsahariana.

África y América… Mi tiempo libre transcurría entre el jazz, el *wassoulou*, la salsa latina, el *mbalax*, el *afrobeat*, la *bossa nova* brasileña, como con el flamenco y los *ragas* indios.

Omou Sangare, Bobby Carcassés, Joe Zawinul, Milton Nascimento… mi cerebro, acostumbrado a los compases regulares y a melodías relativamente simples, exploraba dimensiones mucho más complejas, como si de la aritmética pasara, con entusiasmo, al álgebra y a la trigonometría.

También aprendí, por ejemplo, que Malí era entonces el epicentro del movimiento de música popular surgido en esa vasta región de África, un poco como Gran Bretaña lo sigue siendo en Europa con respecto al rock y al pop, y fui feliz de conocer más a fondo el jazz latino, que inauguró, entre otros, el gran Tito Puente.

No me limitaba a escuchar un montón de música: también intentaba hacerla yo mismo, y, aunque como guitarrista dejaba bastante que desear, creo que las ideas que se me ocurrían a la hora de componer eran interesantes. En ocasiones interpretaba mis temas en un par de *pubs* de la ciudad.

En el Parque Santa Catalina, ubicado en la zona portuaria de Las Palmas, los escenarios sobre los que en pocas horas actuarían los artistas del *VI Womad/Canarias,* ya estaban casi preparados. El *Womad* es un conocido festival de música étnica, que se celebró por primera vez en Inglaterra en el año 1982, y que, a partir de entonces, se ha vuelto a convocar en varias partes del mundo. Este festival fue concebido por el músico británico Peter Gabriel, para promover, entre otras cosas, la multiculturalidad y la unión entre los seres humanos de todo el planeta.

En la gran superficie urbana donde tendría lugar el evento (que no solo incluía el parque Santa Catalina, sino también un par de plazas y un edificio anexos), había, aparte de los distintos escenarios (creo recordar que eran tres en total), un mercadillo de artesanía muy al estilo hippie, y varios chiringuitos donde tomar una cerveza y algo de comer. En los cuatro días que normalmente dura el evento, también hay talleres, cursos, charlas sobre temas relacionados con la música, artesanía, juegos y folclore de otros países.

En el programa impreso había un largo elenco de intérpretes que llegaban de los cuatro puntos cardinales para conectar con el público a través de su música. Entre las estrellas invitadas figuraba el senegalés Youssou'N'Dour, uno de los músicos más populares del noroeste de África. También aparecía el gran virtuoso del timple canario José Antonio Ramos, el camerunés Richard Bona, la afroperuana Susana Baca, y los cubanos Sierra Maestra (que Magide no tenía la menor intención de perderse), entre otros.

Recordé que Fatou me había prestado varios discos y cintas *cassette* de Youssou'N'Dour, y me pareció que se le cambiaba la cara cuando escuchaba sus canciones.

Se me ocurrió una idea tan encomiable como incendiaria: invitarla a ese concierto. Pensé que le haría bien salir de su escondite, relacionarse, abrirse al mundo. Magide me comentó que nunca, en Cuba, había visto a una negra como ella, tan callada, tan cohibida, y que no sintiera el impulso de bailar en cuanto oyese sonar cualquier cosa que tuviese ritmo. El no creía que ella fuera a aceptar mi invitación. Además, el *Womad,* ese año coincidía con el *Ramadán*, hecho que hacía aún menos probable que aceptara.

Durante el mes del *Ramadán* los musulmanes deben ayunar en las horas diurnas, y como aquel año tanto el *Womad* como el *Ramadán* cayeron en noviembre y las Navidades ya estaban a la vuelta de la esquina, Magide no desperdiciaba la menor ocasión de cantarle a Fatou el famoso villancico de su admirado José Feliciano, con una pequeña variación: "Feliz Ramadán, Feliz Ramadán, Feliz Ramadán, próspero año y felicidad", cosa que solía sacarla bastante de quicio.

Era la primera vez que invitaba a salir a Fatou, y estaba casi convencido de que iba a darme de bruces contra una contundente negativa. No era solo por su introversión, sino también por toda una madeja de condicionamientos culturales que convertían la idea de que saliéramos juntos en algo inconcebible.

Sin embargo, sencillamente, no fue así: el velo de la timidez en aquella ocasión no pudo ocultar el entusiasmo que la embargaba, y, por primera vez, la vi reír con una risa que tan solo expresaba ilusión, alegría y gratitud.

 Impecablemente trajeada con prendas típicas de su región, con aquella elegancia innata que afloraba en cada uno de sus gestos, Fatou sonreía tímidamente, e irradiaba felicidad porque iba a ver actuar a Youssou'N'Dour, que, en efecto, resultó ser uno de sus ídolos. Aquel día se colocó en la cabeza, a modo de turbante, un paño del mismo color de su traje: una túnica azul con dibujos negros, ligera, con mangas cortas y abullonadas, muy bonita. Decidimos ir a pie desde Guanarteme, el barrio en que vivíamos, por la avenida de Las Canteras, hasta el parque Santa Catalina, un recorrido que nos tomaría una media hora andando sin prisa. Ir en auto o en bus no habría sido un acierto, porque las calles estaban atestadas de gente, y el tráfico, muy congestionado.

Los tres éramos jóvenes y nos gustaba andar mientras disfrutábamos de un espectáculo tan grandioso cómo la puesta de sol que se nos brindaba gratuitamente en ese mismo instante. La marea estaba alcanzando su nivel más bajo, y las rocas, plagadas de gaviotas y cangrejos, afloraban de la mar en calma que acogía en su seno los reflejos del crepúsculo. La avenida estaba llena de gente yendo de un lado para otro, o acomodada en los bares y las terrazas, y cuando del sol solo quedó  un último rescoldo rosado en el horizonte, nos adentramos en el entramado de calles peatonales que conducen al parque.

Cuando Youssou N'dour hizo su aparición en el escenario y empezó a cantar al son de la percusión, la *kora* y las guitarras eléctricas, los tres estábamos de pie, muy cerca del tablado, rodeados de muchísima gente, en su mayoría jóvenes africanos a los que se les veía muy entusiasmados e impacientes. Leí en la prensa que ese día Youssou'N'dour logró convocar a más de cuarenta mil personas, un hecho sin precedentes en el Womad/Las Palmas. El público en general, y de un modo especial el subsahariano, se iba agitando cada vez más al son de la música, en respuesta a su ídolo, que los llevaba sin pausa al paroxismo.

De pronto sentí que alguien me agarraba del brazo con fuerza: Era Magide, quien, estupefacto, apuntaba con el dedo índice de la otra mano hacia nuestra compañera de piso, que acababa de zafarse de nosotros sin que nos diéramos cuenta.

— ¡Mire, mire p'allá maestro!

En efecto, Fatou, que hasta ese momento se había mostrado distante y retraída, sufrió de pronto una insospechada metamorfosis. Fue algo digno de verse: se plantó en medio del gentío con los brazos en jarra, y empezó a zarandear ágilmente la pelvis y los glúteos, primero con gesto lento pero inexorable, luego, moviendo los brazos en sincronía con todo el resto de su cuerpo, comenzó a sacudirse, con asombrosa precisión, al ritmo cada vez más vertiginoso de los tambores. El público que se encontraba de pie frente al escenario, se replegó para brindarle más espacio libre, mientras que ella se movía, ya completamente entregada al ritmo, ebria de música, con la mirada puesta en el artista, quien a su vez la observaba extasiado, sin dejar de cantar ni de moverse. Ella bailaba como una diosa lo hace ante su dios, presa de un gozo infinito, arrastrando en su danza a toda una multitud delirante.

La música y la danza continuaron hasta muy entrada la noche, y durante los días que siguieron. El Womad/Las Palmas 2000, fue el último Womad del milenio, pero para mí, fue, sobre todo, el Womad de mis amigos Fatou y Magide, que ya no viven aquí en Las Palmas, y a los que hace muchos años que he perdido de vista.

# EL ÚLTIMO VIAJE DE TEODORO

(¿Quién quiere vivir para siempre?)

I

Hacía un tiempo que, en mi paseo matutino, llevaba tropezándome con un hombre aún joven, reservado y taciturno, en cuya mirada se adivinaba una tristeza infinita. El infierno de la desesperación ardía más allá de la obstinada fijeza de sus pupilas.

Desde el primer día, tuve la certeza inmediata de haberlo visto en alguna otra parte, exactamente con el mismo aspecto, e incluso de haber conversado con él hacía ya varias décadas, aunque era imposible que conservara la misma apariencia física de entonces, pues yo tengo ahora la edad de ochenta y seis años, y él no creo que supere los cincuenta. Como tantos otros jubilados, me levanto temprano y salgo a recorrer la playa de Las Canteras a pie, de un extremo a otro. Siempre lo hago en compañía de un grupo de personas de la tercera edad que se reúne tres veces por semana en el local de la asociación de ancianos que está cerca de mi casa, a un par de calles de la playa. A algunos de ellos los conozco desde que eran niños.

Sí. He vivido toda mi vida cerca del océano, de su playa y su avenida, inmersa en su atmósfera festiva e indolente. El trabajo nunca me ha faltado: gracias a la hostelería hoy tengo una casa y unos hijos con estudios universitarios. Yo empecé a trabajar a los veintiún años en los Apartamentos Astoria, en el barrio de Guanarteme, a comienzos de los sesenta, cuando acababan de inaugurarse, haciendo un poco de todo: fui botones, recepcionista, mozo de almacén, técnico de mantenimiento... en un año conocía mejor el edificio que mis propios jefes. Dentro del sector de la hostelería, el aparthotel Astoria se hallaba entonces entre lo más lujoso e innovador que había en Las Palmas, y admitía solo personal cualificado.

Pero volviendo al tipo del que hablaba al principio, este solía llegar al alba para pasear solo junto a la orilla del mar, durante horas. Era alto, delgado, de aspecto delicado y sobrio. Encontré su apariencia decididamente anticuada, como si su vida se hubiese detenido en los años '30 o '40 del pasado siglo. ¿Podría ser tal vez por su forma de andar, por su mirada, o su actitud? ¿O quizás solo se debiera a su bigote al estilo Clark Gable, y a su ya desfasado corte de pelo? Cada vez que lo volvía a ver, me pasaba largo rato dándole vueltas a todas esas preguntas.

Un día, durante el paseo, me quedé rezagado del resto del grupo, contemplando unas gaviotas que al andar sobre la orilla dejaban sus huellas en la arena, que luego las olas iban borrando. En eso, vi acercarse al joven, que iba, como siempre, solo.

—Qué pronto se borra una huella…

Dije sin pensarlo mucho cuando él estuvo tan cerca como para poderme oír.

Pensé que había seguido adelante, sin escucharme, ensimismado como parecía estar siempre en dios sabe qué dilemas, pero cuando giré la cabeza lo vi allí, a mi lado, asintiendo.

—Si…—le oí murmurar

—Aunque no todo en esta vida es tan fugaz

Concluyó hablando con voz más recia, y con un casi imperceptible acento peninsular.

Tuve la impresión de que esa no era una simple frase hecha, de las que uno dice para mantener viva la llama de la conversación.

— ¿Me equivoco, o está usted tratando de decirme algo? —pregunté, pasado un rato.

—No, no se equivoca. Si: es algo…. algo que necesito que alguien escuche.

—Explíquese.

—No sé si le podrá interesar, es… es acerca de mi vida….

—Pues ha dado usted con la persona ideal, muchacho. Soy un jubilado, duermo pocas horas, como la mayor parte de las personas de mi edad, y por el resto, me esfuerzo en estar el menor tiempo posible delante de la tele. Así que… más bien estoy ávido de historias, siempre y cuando no me pidan dinero a cambio, concluí riendo.

—Descuide —dijo el joven esbozando una tenue sonrisa, —espero que usted tampoco me vaya a cobrar por escucharme.

—No, le aseguro que no soy ni psicólogo ni *coach* —repuse.

Los dos reímos de buena gana.

Tuve la impresión de que ese joven y yo podíamos llegar a ser buenos amigos. Es más, la absurda idea de que ya había hablado con él hacía muchísimo tiempo, inexplicablemente, iba ganando terreno entre mis más íntimas certezas.

Como la gente de mi grupo se había alejado mucho de donde estábamos "el caballero de la triste figura" y yo, uno de ellos me llamó al móvil, para asegurarse de que me encontraba bien. Lo tranquilicé, añadiendo que los volvería a ver dentro de unos días, y que acababa de quedar con un amigo.

El caballero, cuyo nombre era Teodoro, aceptó mi invitación a un café en una terraza de la avenida.

—Muy bien, soy todo oídos, y, sobre todo, seré una tumba: nada de lo que se diga en esta mesa saldrá jamás de mi boca.

Es raro que yo sea tan abierto con un desconocido, que me muestre tan interesado en buscar su amistad, pero en este caso, la intriga por la persona que tenía frente a mí, la extraña impresión de conocerla, de haber hablado con ella hacía muchísimo tiempo, aunque fuese absurda, me pudo.

Este señor, feliz de encontrar al fin a quien poder confiar su secreto, comenzó diciendo:

— ¿Me creería si le dijera que no tengo en absoluto la edad que aparento?

—Suele ocurrir —respondí.

—Tenía un amigo que, con cuarenta años, no aparentaba más de veinticinco.

Teo continuó:

—Tengo ciento quince años

Eran las diez de la mañana. Estábamos en una terraza a la altura de la Peña de la Vieja. El día era espléndido. La gente empezaba a llegar en mayor número al paseo de Las Canteras. Abajo, en la playa, aún no había casi ningún bañista.

Posé la taza de café, cuyo contenido estuvo a punto de derramárseme al suelo.

¿Cuándo aprenderé a no meterme en problemas? Me dije.

Estaba frente a un demente, a un loco de atar, que acababa de poner encima de la mesa su cerebro con su monstruosa distorsión de la realidad, y no era su culpa: me lo había buscado yo. Solo yo. Seguro que tanta soledad, tantos pensamientos circulares, acabaron con su capacidad de raciocinio.

Teo pareció leerme el pensamiento, y afirmó, temiendo que me levantara y me fuera sin más:

—Se lo puedo demostrar.

—Va a ser difícil, —objeté, —pero estoy dispuesto a seguir escuchándolo.

—Yo lo recuerdo a usted. —Me dijo mirándome a los ojos – usted trabajó en el Astoria. Era poco más que un crio, pero tengo muy presente que llevaba su uniforme de botones con un gran orgullo.

Esta vez había dado en el blanco: la expresión de mi rostro debía ser la imagen del más puro asombro. Aun así, no podía confiarme: con toda certeza se trataba de un embustero que se había documentado a fondo sobre mi vida, y que quería sacar algún provecho de ello.

—Continúe —dije, aparentando tranquilidad.

—Tendría usted veintiuno o veintidós años, y yo unos cincuenta. Hablamos, en un par de ocasiones. Necesitaba su ayuda… Por cierto, ¿Nos podemos tutear?

Asentí con un leve gesto de la cabeza.

Me asaltó el temor de que todo aquello fuera cierto: después de todo, yo mismo, en varias ocasiones, había tenido la impresión de haber conversado con Teo, hacía mucho tiempo. Pero sentía una gran reticencia a aceptar que se tratara de un recuerdo real.

—Continúa —fue lo único que fui capaz de decir

—Estoy seguro de que recordarás, que, en 1962, en la época de máximo esplendor del Astoria, fue a alojarse allí un adinerado caballero francés, Monsieur Baudile Mistéli, con todo su séquito.

Nadie, en el Hotel, sabía realmente cuál era su fuente de ingresos, pero lo cierto es que era inmensamente rico. Él y sus seguidores venían a Gran Canaria directamente del Tíbet, después de un par de breves escalas.

—Y, ¿Cómo sabías tu todo eso?

—Soy... O más bien, era periodista en un importante rotativo madrileño, y vine hasta aquí siguiendo a Monsieur Mistéli desde el oriente. Mi intención era desvelar el origen de su fortuna. Pero, cuanto más investigaba, más incógnitas se me planteaban.

Mistéli había sido maestro de escuela, en su país de origen, Francia, hasta que, a mediados de los años cuarenta, al parecer, se le presentara la ocasión de emprender negocios muy lucrativos en el sector del automóvil. Supo sacar pingües beneficios de tal actividad, beneficios que le permitirían adquirir un hotel en Suiza. Pocos años después, convertido en multimillonario, empezó a interesarse en la espiritualidad oriental, poniendo a un hermano suyo a cargo de sus negocios, para dedicarse a recorrer el mundo en busca del conocimiento.

Este, al menos, es un resumen de su biografía oficial, pero, investigando más a fondo, pude comprobar que la misma es absolutamente falsa. Aunque se sustente en documentos legales aparentemente auténticos, pude averiguar, como perito calígrafo, y criminólogo que soy, que se trata de magistrales falsificaciones. Todo eso se lo conté a usted Miguel, tiempo atrás ¿No lo recuerda ahora?

Sentí que me paralizaba. No podía ser verdad, pero... inmediatamente recordé hilo por pabilo cada palabra, cada segundo de esa conversación, que tuvo lugar hace unos sesenta años, y que ahora se mostraba ante mí, emergiendo, en ese mismo instante, de los abismos del olvido.

—Sí, ahora lo recuerdo todo... —afirmé, presa de la agitación, —recuerdo también que asegurabas tener muchas pistas que conducían a la evidencia de que el tal Mistéli se llamara, en realidad...

Viendo que me estaba costando mucho recordar aquel nombre, Teo me ayudó a refrescar la memoria:

— ¡Nicolás Flamel! —exclamó tratando de contener la voz.

— ¡Exacto! Ahora también recuerdo que me diste una buena propina con el fin de que te ubicara muy cerca de Mistéli en el comedor, para tener la oportunidad de entablar conversación con él, y que, luego, cuando pagó una cifra sustanciosa a los propietarios para que dieran la orden de cerrar el edificio durante tres días al público, ¡Tú me diste otra propina con la condición de que te dejara esconderte dentro del mismo!

—En efecto, —afirmó Teo —quería saber lo que estaban a punto de hacer.

—Lo que se me hace difícil entender es por qué aún conservas el aspecto que tenías entonces —comenté

—Yo tenía veintiún años, tu alrededor de cincuenta, ¡Y ahora soy mucho mayor que tú!

Y por cierto: ¿Al final, averiguaste lo que ocurrió allí?

—Solo parcialmente... pero ya llegaremos a eso, ten paciencia —dijo Teo.

—Por lo pronto te bastará saber que el señor Flamel, alias Mistéli, hizo acopio de su gran fortuna gracias a la transmutación alquímica. Tengo pruebas de que jamás fue maestro de escuela, ni que se dedicó a la compra y venta de automóviles de lujo, de que el hotel en Suiza era propiedad de otro, el auténtico Mistéli, que desapareció en extrañas circunstancias, y por quien Flamel se hacía pasar.

—Lo siento —dije yo, —pero lo de la transmutación alquímica, eso sí que no lo trago —dije tajante —A ver: si ese Mistéli, Flamel o como se llame no había sido ni maestro de escuela, ni comerciante, ni dueño de un hotel,

¿de qué diablos vivía antes de lograr esa supuesta transmutación?

—Era un escribano.

— ¿Escribano? Ese oficio dejó de existir hace siglos…. Dije entre divertido y perplejo.

—Nicolás Flamel vivió en Francia en el siglo XIV, es decir, que ahora mismo tendrá casi setecientos años.

Teo me observaba en silencio, atento a mi menor reacción. Solté una solemne carcajada que incluso a mí me resultó falsa, penosamente exagerada, y que se fue extinguiendo paulatinamente. Después de un denso silencio, con el semblante desencajado pregunté, y esta vez absolutamente en serio:

— ¿Setecientos años, has dicho?

II

El día después de ese encuentro, a las ocho de la mañana, yo lo estaba esperando en el mismo tramo de la avenida, sentado en la terraza de la misma cafetería.

Aunque me costara admitirlo, me sentía cohibido y nervioso ante la inminente llegada de Teo. De hecho, apenas había podido conciliar el sueño, durante la pasada noche.

—Buenos días, Don Miguel —Le oí decir mientras se acomodaba en un asiento al lado del mío.
—Buenos días, Teo. Hoy te encuentro muy bien…

—Sí, mi amigo, hacía tiempo que no descansaba tan profundamente.

El misterioso viajero del tiempo acababa de llegar pertrechado con un móvil y unos auriculares, que, como haría cualquier persona educada y respetuosa hacia sus semejantes, guardó inmediatamente en sus bolsillos en cuanto se hubo sentado.

Observándolo complacido, y aún bajo los efectos del nerviosismo, le pregunté:

— ¿Estabas escuchando música? ¿Alguna pieza en particular?

Teo, por primera vez, me mostró su lado más divertido:

—Usted pertenece a la generación del bolero y de los Beatles, la de Eurovisión y Glenn Miller, señor. Seguramente ni siquiera habrá oído hablar de la canción que yo escuchaba hace un momento, —comentó divertido.

—A ver, inténtelo: le reto.

—"*Forever Young*", de Alphaville… ¿Le suena?

—La verdad es que no…

— ¿Lo ve? ¿Qué le había dicho? —y se rio.

Yo también me reí. En mi ignorancia, pensaba que un hombre de ciento quince años, lo más moderno que podría desear escuchar sería a Bing Crosby, o a Nat King Cole. Yo, de hecho, con ochenta y seis, no me aventuré nunca más allá de los Beatles y los Rolling Stones.

—Y ¿Qué te aporta de interesante esa música? —le dije, volviendo a retarlo.

—Tiene una frase, una preciosa frase… bueno, toda la canción me gusta, pero esa frase…. Es una pregunta, ¿Sabes? Una pregunta que para mí es fundamental…

—Soy todo oído —le aseguré.

Dice esto: — "¿De verdad quieres vivir para siempre, para siempre jamás?"

Se hizo el silencio. De nuevo tuve la impresión de que lo que me acababa de decir revestía para él una enorme importancia.

—Este es mi drama —dijo, y, acto seguido, añadió: —cuando me quedé en el interior del Astoria, escondido, espiando a ese grupo que parecía más bien una secta, la primera noche, al ver que todos ellos se dirigían al comedor para realizar una especie de ritual, aproveché para ir a toda prisa a la habitación de Flamel.

No iba en busca de nada en concreto, solo esperaba encontrar alguna pista.

A pesar de hallarse allí de paso, el orden que había en la habitación de Mistéli, denotaba un carácter organizado y metódico.

Comencé a revisarlo todo, esforzándome al máximo en no cambiar de lugar ninguno de los objetos que iba examinando. De pronto, en una gran alhacena, vi una serie de botes de porcelana blancos, como los que suelen verse expuestos en farmacias. Cada uno de ellos llevaba escrita una leyenda de una o dos palabras, en caracteres azules. En una rezaba, por ejemplo, Alkhaest, en otra Anthimonium, en otra más Sulphur, etc. Estaba a punto de destapar uno de aquellos recipientes, cuando la puerta se abrió, y entró Mistéli.

—*Monsieur Theodore, bonne nuit!* ¡Qué agradable sorpresa! ¿Qué le trae por aquí?

Mistéli, o mejor, Flamel, me había reconocido: no había olvidado aquel par de breves conversaciones que yo mismo iniciara en el comedor días atrás, tratando de entablar amistad con él sin demasiado éxito. Pese a su fachada afable y cordial, se rumoreaba que era, en realidad, un misántropo.

Como acostumbraba a hacerlo, iba vestido de forma extremadamente sencilla y práctica (sus pantalones color crema eran muy comunes, y, al igual que su camisa de mangas cortas de tono celeste, no delataban ningún afán de ostentación). Al verlo, se lo podía tomar perfectamente por un maestro de escuela rural de cualquier pueblo de Europa central, disfrutando de unas merecidas vacaciones. Llevaba un reloj de pulsera más bien barato, pero de aspecto muy funcional, y unos mocasines que parecían muy cómodos.

Me preguntaba si su forma de presentarse se derivaba realmente de su modestia y sencillez naturales, o si era simplemente una táctica más para pasar desapercibido, para parecer tan solo uno más en medio de la multitud.

—Yo… lo siento, señor, le ruego que me deje ir. No le importunaré más. —imploré atemorizado.

—*Mais non, Monsieur Theo*, es usted bienvenido, aunque su forma de presentarse en mi habitación no haya sido precisamente la más ortodoxa… y dígame, ¿qué buscaba entre mis cosas? ¿Puedo serle útil?

No sabía muy bien si Mistéli estaba jugando conmigo del mismo modo que lo haría un gato con un ratón antes de devorarlo, o si verdaderamente era la persona buena y amable que aparentaba ser, pero al final opté por confesárselo todo. Le dije que había averiguado que toda su documentación era falsa, y que su nombre real era el de Nicolás Flamel. Qué había vivido unos 700 años cambiando de residencia y de identidad con cierta frecuencia para evitar ser descubierto, y que, en cada uno de esos cambios, había hecho enterrar en su lugar el cadáver de un vagabundo, o de un anciano que no tenía ningún familiar que lo reclamara, para que todo el mundo creyera que realmente había fallecido.

El paso siguiente era el de irse muy lejos, a otro continente, a otro hemisferio...

Flamel me escuchaba con atención, y en cuanto terminé de hablar, realizó la siguiente acotación: - No olvides a mi esposa, Pernelle. Ella también lleva 700 años de un lado para otro, conmigo, trabajando para ayudar al ser humano a prepararse para la gran mutación.

¡Claro! —Pensé — ¡La olvidaba! Creí que Pernelle no fuese más que una figura simbólica, pero no: Pernelle existía, y acababa de asomar por la puerta. Pernelle, que, con su larga cabellera ensortijada, color castaño claro, rezumaba atemporalidad y misterio. Ella me observaba, perpleja, sin decir nada. — ¿Qué hace aquí? – le preguntó al fin, la hermosa dama a su esposo.

—Saber, solo quiere saber, querida.

—Mire *Monsieur* Theodore —dijo Flamel dirigiéndose a mí —lo dejaré ir, por esta vez: de todas formas, nadie lo creerá, y lo tomarán por un demente si se le ocurre contar lo que me ha dicho. Le aconsejo que no vuelva a aparecer más por aquí hasta que yo me vaya.

—Y no se preocupe: no pienso dejarlo marchar sin una prueba que yo mismo le proporcionaré, si así tanto lo desea.

Fue directo a la alhacena, y, abriendo uno de los grandes recipientes que había allí, vertió un poco de su contenido en un tarro de cristal oscuro, que luego selló y me entregó.

—Tome doce gotas tres veces al día de este elixir hasta que se acabe. Este es mi regalo, y la prueba fehaciente de todo lo que usted ya intuía como cierto: vivirá hasta los ciento veinte años, sin ningún problema de salud, y luego, a menos que no vuelva a tomar este elixir, perecerá tranquilo, de muerte natural.

—Tenga cuidado —añadió al constatar mi entusiasmo: antes de beberlo, debería tomarse un tiempo y hacerse, muy en serio, esta pregunta: "¿De verdad quiero vivir para siempre?"

—Si —grité. Y luego más, y más fuerte: —sí, ¡Quiero! ¡Quiero!

Mientras ambos me acompañaban a la salida, Flamel trató de mostrarme los efectos colaterales y los inconvenientes del tan ansiado elixir:

—Quien lo tome sin haber pasado por una experiencia que es la clave del proceso alquímico, en la que el propio alquimista es transmutado en una nueva criatura de rango celestial, se expondrá a grandes sufrimientos, porque la conciencia del hombre corriente no puede asimilar durante tanto tiempo la pérdida, el dolor psicológico, la soledad.

—Por otra parte, Theo, se verá forzado a mentir; a afirmar, por ejemplo, que es usted un mero capricho de la naturaleza. La gente podrá considerar cómo un error genético digno de ser investigado o de salir en el *Guinnes de los Records,* a un hombre con la edad de ciento veinte años y con la apariencia física de uno de cincuenta, pero lo que nunca estará dispuesta a aceptar es que atribuya su longevidad al elixir alquímico, sin estar ni tan siquiera en condiciones de fabricarlo por él mismo. Lo tomarían por loco —continuó Flamel —o, peor aún, podría ocurrirle algo parecido a lo que le pasó a Edward Kelley, un aventurero inglés del siglo XVI que se hacía pasar por adepto, y que terminó encarcelado en una mazmorra del castillo de Purglits, a pocos kilómetros de Praga por el rey Rodolfo II, acusado de no quererle revelar el secreto de la transmutación del plomo en oro. Kelley pereció cayendo al vacío al intentar evadirse de su cautiverio con una soga que había fabricado atando entre si las distintas piezas de ropa de su cama.

III

A pesar de haber recibido tales advertencias por parte de la misteriosa pareja, que seguramente a otros les habrían bastado para entrar en razón, yo seguí adelante, planeando una vida llena de placeres, de nuevas sensaciones y experiencias de todo tipo.

Obedeciendo a las instrucciones que me dio Flamel, me fui a un lugar aislado, muy lejos de cualquier población humana; elegí una casa rural que alquilé por seis meses en La Aldea de San Nicolás. Allí tuvo lugar mi metamorfosis.

—Después de dos semanas de tratamiento, mi cabello y todo mi vello corporal se habían caído por completo, cejas y pestañas incluidas; las uñas de pies y manos, que poco a poco se habían ennegrecido, comenzaron a caer una por una.

Después de un mes, mis dientes, que hacía un tiempo habían empezado a dejar de estar bien afianzados dentro de las encías, empezaron a caerse solos, o bien al menor contacto. Durante todo el proceso, no ingerí otra cosa que el elixir, evacuando una gran cantidad de restos que se habían quedado adheridos a mi intestino, tal vez incluso desde mi infancia. Al final, tan solo evacuaba una nauseabunda sustancia verdosa, que según me enteré más tarde, era un residuo de configuraciones psicológicas ya extintas.

En esta fase del proceso, me sentía como la larva o la crisálida de un gusano de seda. Solo podía permanecer en la cama, y para evitar la luz, tenía las cortinas de la ventana totalmente cerradas.

Por fin, una mañana, sentí deseos de salir de entre las sábanas. Me levanté, completamente desnudo, abrí la ventana de par en par para sentir la luz del sol y el aire envolver y acariciar mi cuerpo. Me miré al espejo: lo que vi era hermoso. Había empezado a perder aquella palidez cadavérica, y a adquirir color. Mi rostro estaba rejuvenecido, e irradiaba mucha vitalidad. Mis pestañas y cejas ya habían empezado a salir. Corrí a la piscina de la casa rural y me lancé al agua. A partir de ese día creí estar viviendo en el paraíso terrenal: hacía largas caminatas, escalaba riscos. Durante un tiempo me alimenté de bayas y de frutas silvestres, y hasta alcancé a cultivar un pequeño huerto.

Antes de que transcurrieran los seis meses, me hallaba listo para regresar a la ciudad.

Me sentía fuerte, seguro, tranquilo.

Tuve que desempeñar distintos trabajos: guía turístico, traductor, agente inmobiliario, celador y chofer, entre otros. Actualmente cuido a un par de ancianos y con eso me voy remediando. No tengo muchos gastos, y es una ocupación que me permite disponer de mucho tiempo libre. Al igual que Flamel, recientemente tuve que falsificar mi documentación para no dar lugar a sospechas acerca de mi edad.

Luego, apareció el tedio. El ver como se iban, una por una, todas las personas queridas. Ver envejecer y morir a tanta gente, que, cuando me encontraba por la calle, me decía, cada vez con mayor asombro:

— ¡Tú sigues igual! ¡Los años no pasan para ti! ¿Cuál es tu secreto?

Ante esas circunstancias, yo solía escabullirme recurriendo al humor:

—Es que un alquimista me regaló un poco de su Elixir de Juventud, y me lo tomé todo sin dejar ni una gota.

Nadie habría imaginado que era la pura verdad.

Tras esbozar una melancólica sonrisa, a la que sucedió un prolongado silencio, Teo concluyó:

—Esta es mi historia, Miguel, y tú, eres la única persona a quien se la he contado en tantos años. Créeme, lo necesitaba, y ahora, por el simple hecho de haberme sincerado con otro ser humano, me siento mucho, mucho mejor.

Anonadado, como aplastado en la silla, permanecí un rato en silencio. Un rato que me pareció eterno.

Luego, por fin, tomando fuerza, dije:

—No pensaba que, antes de morir iba a escuchar una historia tan fantástica… por eso, permíteme que me reponga antes de seguir.

Teo asintió, y hubo otro largo silencio, en el que solo se oía el rumor de las pisadas y las voces del gentío que paseaba por la avenida.

—Si volvieran a darse las mismas circunstancias, y apareciera Flamel brindándote otros ciento veinte años de vida contenidos en un tarrito de vidrio, ¿aceptarías?

—No, —contestó.

—Créeme: he aprendido la lección. Si Flamel reapareciera mañana, le preguntaría sobre esa mutación psicológica pendiente… ese cambio profundo que debería darse en el ser humano, acerca del que le oí hablar en cierta ocasión. Eso es lo único que necesito saber. Y nada más. No le pediría ni oro ni longevidad. Ya de eso he tenido suficiente —concluyó con una amarga sonrisa.

—Dime otra cosa, si no es ser indiscreto —continué yo — ¿Ha habido mujeres en tu vida?

Teo sonrió, diciendo: —No, no me importa que me preguntes eso… ¿Mujeres? Demasiadas, tal vez. Como periodista de investigación viajaba mucho, y trabajaba de doce a dieciocho horas al día. No tuve nunca tiempo de profundizar en una relación, y, en la mayor parte de los casos, se trataba de simples aventuras. Hubo una mujer, solo una, con la que se habló incluso de noviazgo, pero en breve nos distanciamos: sencillamente, no tuve tiempo para ella.

— ¿Y luego? ¿Después de tu experiencia con el elixir?

— ¿Luego? Nada más, Miguel... aunque, créeme, son muchas las mujeres que se fijan en mí: estoy pletórico, desbordante de salud y energía, en mi madurez. Pero, aunque en el pasado las deseé más que ninguna otra cosa en el mundo, al final tuve que espantarlas, evitarlas, o rechazarlas de una forma u otra. No quería involucrar a nadie en mi terrible secreto.

De unos años para acá, dejé definitivamente de pensar en tener pareja: ahora me rio por dentro cuando veo a una chica ponerse coqueta conmigo. No es que me ría de ella, sino de la situación en la que se está metiendo sin saberlo.

¿Y tú, Miguel? Recuerdo oírte decir que tienes hijos, pero no me has hablado de tu esposa...

Me puse tenso, y Teo lo notó, echándose, instintivamente, hacia atrás.

—Preferiría no hablar de ella. Me pone triste.

Por un instante acudió a mi mente el rostro de mi pobre mujer observándome, tratando en vano de recordar cómo me llamo y quien soy...

—Tienes ciento quince, y solo te quedan cinco años de vida, ¿no es cierto?

—Sí, —dijo Teo

—Ahora que te has liberado de la carga de mantener en secreto tu historia, mira hacia adelante. Aún tienes cinco años para dar con el meollo de todo este asunto, y para entender lo que realmente importa. No desperdicies el tiempo que te queda viviendo con el corazón anclado al pasado. Cinco años de salud y lucidez plenas pueden dar mucho de sí. Mírame a mí: soy mucho más joven que tú, y me duelen las articulaciones, me cuesta andar, me falla la memoria…

No sé cómo decirlo más claro, amigo mío.

Teo me miraba. Sus ojos perseguían la lágrima que rodaba por mi mejilla, cómo el buen pastor a la oveja perdida. En ese momento supe que sentía por mí un genuino afecto. Ambos estábamos muy emocionados.

—Empezaré por ir a París, donde se dice que un ángel le entregó a Flamel "*El libro de Abraham el Judío*". Y luego ya veré… pero tienes razón: me quedan cinco años, y no los voy a echar por la borda.

Teo tenía una considerable suma de dinero ahorrada, y me encargó a mí la venta de su piso en Guanarteme.

Una semana más tarde, yo mismo lo acompañé en taxi hasta el aeropuerto, y nos despedimos con un abrazo fraternal.

—Escribe de vez en cuando —le dije.

Me miró largo rato, sin decir nada, y finalmente respondió:

—Claro Miguel. Adiós.

Nunca volví a saber nada de él, pero, esté donde esté, espero que sea un ser feliz.

# LA INQUIETANTE HISTORIA DE ILDEFONSO SCHWARZ

I

La presa de Soria quedaba aún muy lejos. Vera y yo nos dirigíamos allí en su Volkswagen Golf gris desde Mogán, con sendas mochilas y ropa ligera. El paisaje costeño, poblado de plantaciones de mangos, papayos y aguacates, fue poco a poco dejando paso a un desierto de piedra, lava solidificada y arenisca, un malpaís atormentado y eremítico, en el que a duras penas sobrevivían los lagartos, las arañas y otros insectos. Aunque aún estábamos en junio, el calor se había vuelto sofocante, y había que racionar el agua para que no se nos agotaran las escasas provisiones que quedaban hasta llegar a Soria, el pago que da nombre a la presa.

El embalse (o "presa", en Canarias) de Soria, es el mayor de la isla de Gran Canaria. Se tardó diez años en terminar de construirlo, entre 1962 y 1972. Por su volumen y altura, el nivel de llenado de esta presa nunca llegaría a alcanzar su cota máxima, ya que la lluvia, en estas latitudes, no cae tan copiosamente como para conseguirlo.

Hacía meses que mi amigo y compañero de trabajo Ildefonso Schwarz, espeleólogo aficionado y estudioso del budismo tibetano, había partido en busca de "algo gordo", dicho con sus propias palabras, que se hallaría allí, en una cueva próxima a la presa. Ni siquiera a nosotros, que nos contamos entre sus mejores amigos, nos dijo de qué se trataba. Según nuestros cálculos, habría partido a comienzos de marzo, y luego no se supo más de él.

Los equipos de rescate rastrearon la zona durante semanas, sin éxito. Solo encontraron una pulsera de cuero, con sus iniciales grabadas, -que, en efecto, me consta que era de su propiedad,- dentro de una casa abandonada en lo alto de una ladera de la presa.

Según la policía, no se había podido encontrar ningún acceso a cavidades subterráneas de cierta profundidad y amplitud en los alrededores de la presa, por lo que no se explicaban en qué se basaba Ildefonso para realizar su pesquisa.

Debido a nuestra insistencia, Ildefonso nos aseguró que no iría solo, que dos amigos suyos, espeleólogos experimentados, lo acompañarían. Pero nadie, ni siquiera en la Federación Canaria de Espeleología, de la que Ildefonso era miembro, había oído hablar del asunto. Empezamos a temernos que la suya solo había sido una mentira piadosa para que dejáramos de preocuparnos por él.

La desaparición de un familiar siempre es algo angustioso: la esperanza de que reaparezca sano y salvo nunca muere del todo, porque la mente humana es experta en crearse grandes expectativas basándose en ilusiones, a menudo totalmente infundadas. Por eso Vera, su hermana, y todo el resto de la familia de mi amigo, se negaban a pasar por el duelo de su muerte, pues se aferraban a la posibilidad, por remota que fuese, de que aún siguiera con vida.

Vera, que era su hermana pequeña, de hecho, no había parado de indagar. Se había puesto incluso a estudiar más a fondo el lamaísmo y todas las formas de espiritualidad del Tíbet, anteriores y posteriores a la llegada del budismo, que ya conocía, aunque solo de un modo muy superficial. Había realizado cursos de iniciación a la espeleología en la Federación, y se había puesto a revisar, uno por uno, los efectos personales, libros, apuntes, notas, mapas, etc. que su hermano guardaba en su cuarto.

Esa búsqueda implacable no sería en balde: un día, en un bolsillo interno de una chaqueta colgada en el ropero de Ilde, Vera descubrió un sobre que llevaba rotulado el nombre "Soria" en el anverso. En su interior solo había dos pedacitos de papel, que parecían arrancados a mano de otro mayor, y un folio completo, cuidadosamente doblado.

En uno de los papeles, su hermano había escrito de su puño y letra la palabra "Chenrezig". En el otro alguien había garabateado a vuelapluma con un bolígrafo de tinta roja, un número de teléfono móvil, sin añadir ni un nombre ni ninguna otra seña. Finalmente, en el encabezado del folio se podía leer lo siguiente: *Acceso e interiores de Soria (cuevas).*

El resto de la superficie del papel estaba ocupado por dos planos, uno en el anverso y el otro en el reverso.

El corazón empezó a latirle con fuerza. Pronto, y al precio de su propia vida si fuese necesario, sabría si su hermano aún seguía vivo.

II

Antes de emprender el viaje a la presa de Soria, en busca de la cueva en la que Ildefonso pudiera aún hallarse con vida, Vera me puso al corriente de algunos asuntos que, según ella, era absolutamente necesario conocer antes de aventurarnos allí.

En primer lugar, ella estaba convencida de que el interés que revestían para Ilde (así era cómo lo llamábamos sus amigos) aquellas cavidades subterráneas, iba mucho más allá de lo estrictamente espeleológico. Había notado, en más de una ocasión, que él hablaba de aquella expedición asociándola, por alguna razón que le era desconocida, al Tíbet y sus misterios. A partir de ese momento, el discurso de Vera fue adentrándose en los dominios de lo espiritual.

De los tres, yo era el único que, hasta ese momento, nunca había abrigado el menor interés en misticismos, ovnis, ectoplasmas y demás, y en más de una ocasión, irritado, rogué a los hermanos que se abstuvieran de hablar acerca de esos temas en mi presencia por resultarme absolutamente hueros y carentes de fundamento.

Sin embargo, en aquella ocasión me hallé a mí mismo completamente absorto en las palabras de ella, quien, al darse cuenta de mi inesperado interés, concluyó satisfecha que iba a tener que impartirme un cursillo acelerado de espiritualidad tibetana. Yo me eché a reír, añadiendo:

—Cursillo que se podría titular: "La espiritualidad tibetana para el hombre que tiene prisa."

— ¿Recuerdas esa colección de libros de bolsillo que se publicaba en los años setenta? —continué, divertido.

— ¡Claro! —Exclamó ella —eran minúsculos y hablaban de temas desmesuradamente grandes como "El Mar", "Las Razas Humanas", etc. ¡Y todos en unos pocos miles de palabras! ¡Gracias a ellos, en más de una ocasión, conseguí deslumbrar a mis interlocutores por mi cultura enciclopédica!

Después de seguir riéndonos y conversando en tono jocoso durante un buen rato, ella retomó el tema bruscamente, preguntándome a quemarropa si había oído hablar de Lobsang Rampa.

En efecto, había leído algo acerca de él en la prensa. Se trataba de un supuesto lama tibetano reencarnado en un fontanero inglés que alrededor de los años sesenta empezó a escribir relatos en primera persona acerca de la vida, costumbres y espiritualidad de los monjes lamaístas.

Su mayor éxito editorial fue "El tercer Ojo", e Ilde, al parecer, en su adolescencia llegó a obsesionarse con él, aunque con el tiempo acabó no tomándoselo demasiado en serio. Aun así, el gran sueño de nuestro querido compañero de andanzas siguió siendo el de ir a Lhasa, que es una especie de Ciudad del Vaticano del lamaísmo, y ser admitido como monje, viviendo como tal durante un tiempo indefinido.

—Yo creo que, aunque parcialmente, realizó ese sueño —afirmó Vera.

—Sí, al menos estuvo allí —dije yo, sin pretender ser sarcástico.

— Hizo mucho más que eso: descubrió cosas, muchas cosas. Algunas de ellas verdaderamente increíbles.

Vera, prometiendo ser concisa, continuó explicándome que, si bien en el Tibet, Bhutan, Nepal y Sikkim el lamaísmo (una forma local de budismo), se afianzó hace siglos como creencia mayoritaria, en esos mismos países, paralelamente, se siguió profesando una religión mucho más antigua: el Bön.

El Bön es una forma de espiritualidad ancestral, animista y chamánica, íntimamente vinculada a la magia y a la brujería. De hecho, dentro del mismo Bön, existen dos sectas: la de la mano derecha, o Bön blanco, y la de la mano izquierda, Bön negro. Mientras que la primera se ajusta plenamente a los principios del budismo, (de hecho, el lamaísmo no es más que un vigoroso esqueje de este último, que fuera injertado en la antigua cepa del Bön blanco), los secuaces de la secta de la mano izquierda, aun llevando vida monacal, no lo hacen inspirados por el ideal del *bodhisattva*, - que es el de ayudar a todos los seres sintientes a liberarse del sufrimiento (de hecho, ellos rechazan de plano el budismo)- sino por el ansia de alcanzar un poder casi ilimitado sobre todas las cosas. A tal fin, se recluyen en sus siniestros monasterios, buscando la guía de maestros de la hechicería y de la nigromancia, que se convierten, a partir de entonces, en sus superiores.

Los rigores del ascetismo y de la austeridad a los que se someten, tienen por objetivo proporcionarles, entre otras cosas, la inmortalidad. No la vida eterna de la que habló Cristo a sus discípulos, sino la inmortalidad obtenida por medio de las prácticas más sórdidas: la magia negra, y, dentro de esta, la magia sexual. Por eso, el Bön Negro, o de la mano izquierda, es lo más parecido a lo que en occidente conocemos por satanismo, o luciferismo.

— ¡Buuu, qué miedo! —Dije yo, para restarle gravedad a todo aquello. Ya eran las nueve de la noche, y me parecía conveniente no tardar mucho en retirarme. Como viejo amigo que soy de ella y de su hermano, conozco bien sus costumbres: a esa hora, más o menos, era cuando normalmente empezaba a dar señales de que quería estar sola.

Pero aquella noche no. Era ella la que insistía en seguir hablando, hasta que, por prudencia, tomé yo la iniciativa:

—Bueno, Vera. Se hace tarde: me voy a casa. Seguiremos hablando de esto mañana, si quieres.

—Creo que deberías quedarte, Greg. A menos que, claro está, no tengas algún compromiso inaplazable. Tengo serios motivos para creer que debemos ir muy bien preparados allá abajo. Y solo acabamos de empezar. Te podrías quedar en el sofá: a estas alturas sé muy bien que me puedo fiar de ti.

Acepté encantado. El día siguiente era festivo y yo no tenía nada interesante que hacer: ¡Y Vera había venido a rescatarme del tedio!

Ella se dio cuenta de mi alegría, y sonrió. Siempre me había gustado; con su cuerpo menudo pero muy bien distribuido, su mirada cálida, que lo observaba todo con respetuosa atención, enmarcada en un cabello castaño oscuro, algo ensortijado y rebelde, ella era para mí esa amiga que siempre iba a estar ahí, que nunca me fallaría.

Estudiamos juntos en la universidad, graduándonos en Historia del Arte al mismo tiempo. A través de ella conocí a Ilde, su hermano, que había estudiado Lengua y Literatura españolas. Es difícil, hoy por hoy, ganarse la vida habiendo estudiado unas carreras como las nuestras, pero los tres nos hemos logrado colocar en el mundo laboral sin demasiados problemas. Eso sí: en nada que tuviese que ver con lo que habíamos estudiado en la universidad.

Pero seguíamos soñando: los tres leíamos mucho, y nos encantaba, por ejemplo, compartir por *whatsApp* fragmentos de algún libro que estuviéramos leyendo, para comentarlos luego en un paseo, o una cena. Podíamos pasar largas temporadas sin vernos, y sin saber mucho el uno del otro. Eso jamás pudo impedir que nos sintiéramos, en todo momento, inseparables. Hasta que Ildefonso desapareció.

Vera estaba preparando una ensalada para la cena: lechuga, nueces, tacos de mozzarella, cebolla, rúcula y tomates *cherry*... todo ello rociado con el mejor aceite de oliva extra virgen del país, y acompañado de un vino de Lanzarote.

—Cómo me cuidas, hermanita... —le dije festivamente, a lo que ella repuso:

—Nunca te lo había dicho hasta ahora, pero me molesta mucho que me llames así: el hecho de que soy la hermana de Ilde, no significa que sea hermana tuya también. —dijo, reprendiéndome afectuosamente.

Me disculpé enseguida, quedándome petrificado por unos segundos. Siempre la había llamado así, creyendo complacerla al decirle que la consideraba como una hermana...

Durante la cena, redactamos una lista de cosas que no podíamos olvidar llevarnos a Soria, y luego examinamos los planos que Vera había encontrado en el interior de la chaqueta de Ilde.

El primero era, claramente, el mapa aéreo de la zona, dibujado a mano; probablemente una copia realizada a pluma de un mapa de Google. En el dibujo, no muy lejos de la vereda que rodeaba una ladera del embalse, había una marca roja en forma de equis, que señalaba un punto en el terreno. Junto a esa señal había una frase escrita en caracteres latinos, un extraño amasijo de sílabas que sonaba a sortilegio o a maldición. No parecía estar escrito en ningún idioma conocido.

El plano que ocupaba el reverso de la hoja, en cambio, era netamente espeleológico: después de la entrada, que en el mapa anterior no aparecía en ningún lado, se apreciaba, toscamente dibujada en corte transversal, una gran sala de acceso, luego un túnel con tramos descendentes, algunos de ellos escalonados. Una amplia sala, túneles que se estrechaban y se ensanchaban de nuevo, otra sala, de nuevo túneles, cada vez más estrechos, y finalmente, al fondo, una enorme cámara subterránea, junto a la que Ilde había escrito de su puño y letra: "cripta octogonal".

Perplejos, Vera y yo nos miramos a los ojos: el recorrido bajo tierra tendría la longitud de unos cinco kilómetros, y parecía no entrañar mucha dificultad para personas medianamente entrenadas como ella y yo: a primera vista no ofrecía ningún gran riesgo... pero, ¿Y la entrada? El lugar marcado no se encontraba cerca de ningún accidente orográfico significativo que se pudiera apreciar en el mapa, al menos... habría que verlo *in situ*.

— ¡El mapa no es el territorio! —exclamé, tratando de ser divertido, a pesar de que el sueño ya me vencía.

Ella sonrió, y fue a buscar un cepillo de dientes nuevo, toallas, y una manta para mí.

Iba a despedirme de ella con el "hermanita" de siempre, pero a mitad de la frase me detuve:

—Qué descanses...

Me guiñó un ojo y me dijo:

—así está mejor... qué descanses.

III

Aquella noche ocurrió algo que fue como un preaviso. Después de colocar la almohada detrás de mi cabeza y acomodarme debajo de la manta, no tardé en quedarme profundamente dormido: estaba muy cansado, y tenía un par de vinos y un ron miel en el cuerpo que me dejaron listo para un sueño muy profundo. Y así fue. Pero a altas horas de la madrugada desperté bruscamente. Abrí los ojos y vi a escasos centímetros de mi cara un rostro azulado de mujer que brillaba como si una tenue luz irradiara desde su interior. Sus ojos expresaban una extraña ternura y sus bellísimas facciones, un irrefrenable deseo. Miré hacia abajo y todo su cuerpo brillaba con el mismo color y estaba completamente desnudo. Sentí sus grandes senos apoyarse en mi pecho, presionándolo cada vez más, e incluso percibí la atropellada velocidad con la que latía su corazón.

— ¿Quién eres? ¿Cómo has entrado? —pude gritar al fin.

Ella me ofreció sus labios carnosos, y comenzó a acariciar mi torso hacia abajo.

Oí ruidos en la otra habitación: La puerta se abrió, y Vera, que aún estaba terminando de atarse el cinturón de la bata, encendió la luz y me preguntó asustada: — ¿Estás bien? ¿Te ocurre algo?

Miré a mí alrededor: Vera y yo nos encontrábamos completamente solos en la habitación... la diosa azul había desaparecido. Sin embargo, yo estaba totalmente seguro de que aquel no había sido ningún sueño. Ni tan siquiera una alucinación. Todavía podía sentir el calor que había dejado el contacto de su piel sobre la mía.

Acto seguido, aunque me resultase algo incómodo, le expliqué lo sucedido a Vera, que me escuchó más atentamente que de costumbre. Cuando terminé mi relato, ella me explicó que en la Europa medieval me habrían dicho que había sido presa de un súcubo, es decir, de un demonio con apariencia femenina, que seduce a los varones durante el sueño, especialmente a los jóvenes, para que derramen su semen en poluciones nocturnas.

Según la ciencia oculta del Bön Negro, se trataría de seres malignos, generalmente de sexo femenino, que vampirizan a los hombres robándoles su energía vital (llamada *Prana,* en la India).

—Esas diablas se han consagrado a la brujería, y solo buscan alargar su vida robándosela a otros.

Yo la escuchaba, aun tembloroso. Era la primera experiencia de esa índole que había tenido en toda mi vida, y fue algo tan vívido, tan real, algo que despertó en mi tal abanico de sensaciones y emociones, que me encontraba extenuado.

—Me siento débil, Vera, ¿será por eso? ¿Será que ese espectro me acaba de quitar toda mi energía?

— ¿Consumaron el acto sexual? —Preguntó ella.

—No. Llegó una intrusa y lo echó todo a perder. —Le contesté, al recuperar mi sentido del humor.

—Entonces no hay nada que temer, dijo — mientras reprimía una sonrisa.

En efecto, me explicó Vera, la fuente más poderosa de energía vital o *Prana*, según el yoga, está ubicada en un centro que se encuentra detrás de los genitales, y está estrechamente vinculada a estos. Por eso, la mejor manera que tiene un vampiro psíquico de arrebatársela a otra persona es a través del sexo.

—Esa bruja podría tener trescientos o cuatrocientos años, pero si no siguiera administrándose esa energía, envejecería muy pronto, y se quedaría como una pasa. —concluyó Vera.

La carcajada que siguió nos permitió descargar toda la tensión que habíamos acumulado. Volví a tener sueño, pero esa vez, francamente, temía quedarme dormido. Vera me miró mientras parecía tomar una solemne decisión.

—Ven a mi cama, pero no te metas debajo de las sábanas. Tráete la manta, ¿Ok?

IV

Mientras que, en medio del sofocante calor, el Volkswagen gris serpenteaba por las estrechas veredas que conducen a Soria y a su embalse, Vera me preguntó por enésima vez si había llamado al número que había encontrado en el bolsillo de la chaqueta de Ilde.

—habré llamado docenas de veces, Vera, sin recibir respuesta.

Ella insistió:

—ya, ya sé que has llamado muchas veces, pero hace apenas diez minutos que te lo pedí por última vez... ¿Llamaste?

—Sí, Vera —respondí en tono cansino, —Y te aseguro que no ha contestado nadie.

Vera continuó conduciendo en silencio.

El viejo automóvil había levantado mucho polvo durante el trayecto, gran parte del cual se había ido a posar sobre su maltrecha carrocería. A lo lejos pudimos visualizar algunas casas, entre las que destacaba una con un letrero que decía: "restaurante". Una vez llegados, aparcamos delante del mismo. La atención fue excelente, y la comida aún mejor, sobre todo después de haber estado una mañana entera sin probar bocado. Un señor, que parecía ser el dueño, estuvo conversando un buen rato con nosotros, que logramos no dejar traslucir los motivos reales que nos habían conducido hasta allí. Más tarde, al ver entrar a dos nuevos clientes, corrió a la cocina a buscar un par de botellas de ron. Cuando salió de la cocina, saludó a los dos tipos, que eran muy delgados, de un modo más bien enfermizo, y de aspecto anglosajón.

Con su atuendo al estilo hippie, la ropa manchada y raída, las greñas grasientas, andaban pausadamente, como si estuvieran enfermos o agotados. Pusieron las botellas en una bolsa de plástico, pagaron, y no tardaron en marcharse. Uno de ellos, al salir, antes de cruzar la puerta del restaurante, se volvió hacia atrás: nos miró inexpresivamente durante unos segundos, y luego se marchó.

El dueño del restaurante nos explicó que eran los últimos supervivientes de una antigua comuna hippie que se estableció hacía un par de décadas en unas casas abandonadas dentro del embalse. —Deben ser *junkies* —continuó.

—Ellos pagan siempre de inmediato, yo nunca fío —aclaró.

—Eso sí: no tengo la menor idea de dónde sacan el dinero, ni tampoco lo quiero saber.

Descansamos en el coche escuchando un poco de música, y a las dieciséis horas, más o menos, ya estábamos comprobando sobre el terreno la ubicación de la entrada. En el lugar exacto que indicaba el mapa, solo había, entre arbustos y plantas desérticas, una gran roca irregular, de forma estrecha y alargada. Su altura era de poco menos de un metro. Nos quedamos un buen rato ahí, sin saber cómo seguir adelante. Al cabo de unos minutos, Vera sacó de nuevo su móvil, para volver a mirar el mapa, que había fotografiado el día anterior. Tuvo que ampliar la imagen para poder leer bien el extraño texto escrito junto al punto donde ahora nos hallábamos.

Vera murmuró aquella abracadabrante secuencia de sílabas un par de veces, como si de ese modo tratase de entenderla. Pasado un minuto, la repitió, pero en voz más alta. Me pareció sentir un leve temblor de tierra, y a ella, en ese mismo instante, se le ensancharon los ojos: — ¿Lo has oído? ¡Repite, repite conmigo! — y comenzamos a recitar esa serie de sonidos como si fuese un *mantra*.


Cuando abrimos los ojos, ya nos encontrábamos dentro de la gran cueva.

Ambos habíamos quedado fuertemente impactados por lo que acabábamos de experimentar: nuestro último recuerdo era el de estar repitiendo juntos una y otra vez aquella especie de fórmula mágica.

Acto seguido, despertamos en el interior de la gruta, tumbados en el suelo… Tras nosotros, solo había un muro de piedra maciza, y, por delante, una gran sala rocosa con un techo que se encontraba aproximadamente a diez metros sobre nuestras cabezas. Al fondo de la sala, se abría un túnel que se perdía en las entrañas de la tierra. Todo estaba bien iluminado por antorchas llameantes en forma de fémur, que estaban fijadas a las paredes de la sala de acceso y a las del túnel.

—Vamos —dijo Vera

—No hay tiempo que perder —

A medida que bajábamos por túneles y salas, todo se iba volviendo más macabro: había cráneos humanos desparramados por todas partes, en el suelo, sobre las piedras, acechando desde cualquier hueco en la roca, y junto a ellos, cantidades de osamentas amontonadas. Empecé a sospechar que las antorchas estaban verdaderamente hechas con fémures humanos, y, para comprobarlo, toqué una. La palpé varias veces para asegurarme, y en efecto, juraría que eran huesos humanos envueltos, en su parte superior, con trapos embadurnados de grasa para que se mantuvieran encendidos. A todo esto, me asaltó la aberrante idea de que aquella grasa también fuera humana.

Saliendo de las cavidades del suelo, inmundas sabandijas, insectos enormes de horribles formas, se esforzaban en roer los cartílagos que quedaban adheridos a los huesos.


Entramos en el último túnel. El aire era pesado e inmóvil, y estaba cargado de olores nauseabundos. Apenas se podía respirar. Afortunadamente, en las mochilas, llevábamos las linternas frontales, porque las antorchas fijadas en las paredes rocosas comenzaban a emitir muy poca luz. El túnel era el más estrecho de todos los que habíamos recorrido hasta ese momento; en algunos puntos, para poder pasar tuvimos que ladearnos, o arrastrarnos.

Según el mapa, faltaban pocos metros para que llegáramos a la cripta. Hablando en voz baja, con dificultad, Vera me dijo: - Pase lo que pase, no nos separaremos. Ahora vamos a entrar sigilosamente en la cripta esperando pasar desapercibidos, y veremos a qué nos estamos enfrentando.

Así lo hicimos, resguardándonos tras el pedestal de una enorme estatua de bronce. Lo que vimos era horripilante: Un ser alargado y huesudo, de apariencia humana, que en ese momento nos estaba dando la espalda, hablaba con los dos hippies que escuchaban arrodillados, y con la cabeza gacha.

—Como ven soy muy buena con ustedes: yo exprimo y bebo vuestra fuerza vital, y a cambio los mantengo vivos, si se portan bien. Eso sí, también les concedo el gran honor de ser mis servidores.

—Sí, mi diosa —repetían ellos, una y otra vez, en una inexpresiva letanía.

Les ordenó que trajeran al último "donante":

Salieron de la cripta, y al rato, regresaron arrastrando a un hombre barbudo y maniatado. ¡Era Ildefonso! Se encontraba muy debilitado, y aunque tratase de oponer resistencia, incluso los dos hippies podían con él.

La tétrica mujer, de pronto, giró su cabeza hacia nosotros. Tenía un aspecto espantoso: su faz, de color marrón claro como el cartón, era lisa y tirante, como si fuese una máscara sin expresión. En su cara, en lugar de ojos, solo había dos huecos oscuros que no parecían tener fondo. Su cabeza  estaba escasamente recubierta por un enmarañado mechón de pelo que tenía el aspecto de haber sido arrancado del cráneo de un muerto.

— ¿Quién osa entrar aquí? —dijo, con una especie de graznido que resonó por toda la cripta.

—Soy la inmortal, la monja de *Shemra Dum*, ¿quién vino a traerme su vida en ofrenda?

— ¡Esclavos! —gritó con voz obscena, dirigiéndose a los hippies, mientras nos señalaba con su largo y descarnado dedo índice —traigan a los recién llegados ante mi presencia.

Era el momento de armar el fusil de precisión que tenía en la mochila. Ahora agradezco de corazón a Vera por la magnífica idea de llevarlo con nosotros.

Velozmente, intercambié con ella unas palabras en voz baja, y saqué sin perder el tiempo el arma. Mientras, Vera tomó en su mano izquierda la antorcha más cercana, y en la derecha un revólver que yo le acababa de pasar.

En cuestión de segundos, barrimos a la horrible monja: supe por Vera que por medio de sus prácticas maléficas podía prolongar su vida, pero no resucitarse a sí misma. Mientras agonizaba no hacía más que repetir:

—yo soy una buena persona, ¡Soy buena! Solo soy una víctima, cómo ustedes. ¡Una víctima más! —Hasta que enmudeció definitivamente.

Luego llegó el turno de los hippies, que, al ver a su diosa caer sin vida, se quedaron titubeando, sin saber hacia dónde ir. De pronto comenzaron a correr de forma torpe y caótica hacia nosotros, aterrados. También los abatimos a tiros. En la euforia, sin pensarlo, Vera y yo nos besamos apasionadamente: aquella infinita corriente de ternura que había existido desde siempre entre los dos había escogido ese extraño momento para resolverse en el amor más intenso y profundo que pudiera darse entre un hombre y una mujer.

Por fin, corrimos a desatar a Ilde, y, sin casi detenernos a mirar a nuestro alrededor, nos marchamos a toda prisa de ese lugar pútrido y maldito de regreso a la primera sala, donde recitamos la misma secuencia de sonidos que nos permitió entrar. De forma inmediata, nos vimos los tres de pie en la superficie, bajo un sol de justicia, junto a la gran piedra.

V

Cuando por fin se sintió realmente a salvo, en casa, y rodeado de los suyos, Ildefonso nos abrazó a los dos, entre sollozos. Se duchó y comió con gran apetito. En la sobremesa, tomando un café en la terraza de Vera, mientras contemplábamos la mar en plena calma, se sintió, finalmente, con ánimos de contarnos lo que le había sucedido.

—Como ustedes saben, hace años que tengo un profundo interés por el Tíbet oculto, en su vertiente más esotérica. Eso me llevó a frecuentar un centro budista tibetano, que se encuentra en una de las calles traseras de la avenida Mesa y López; allí se hacen lecturas, se realizan cursos, y se practica diariamente la meditación.

Creo que fue a finales de febrero cuando vino a visitar el centro el lama Jetsun, con un séquito de otros dos lamas. Conocerlos fue, para mí y para todos, un auténtico privilegio. Pronto me di cuenta de que Jetsun mostraba un vivo interés por mí, y al final de una reunión, me llamó aparte, y me dijo que deseaba conversar conmigo en privado. Me invitó a cenar, y luego al hotel donde los tres se hospedaban. Aunque Jetsun no sabía hablar español, demostró tener un gran dominio del inglés, y un discreto nivel de francés. Tomando un té negro en el salón del apartamento (los otros dos lamas solo vinieron a servirnos, para luego dejarnos a solas), Jetsun comenzó:

—Es un verdadero placer y un honor para nosotros conocerle, Mr. Ildefonso Schwarz. Estamos al corriente de su afición a la espeleología, y, por varias razones en las que preferimos no profundizar ahora, estamos convencidos de que usted nos podría ayudar mucho. —

Sorprendido, le rogué que continuara.

—Verá, mi señor, lo que le voy a revelar es un gran secreto; si usted a su vez lo contara, lo tomarían por loco, pero le ruego que confíe en mí: lo que le voy a decir es la verdad.

Usted, como estudioso de la espiritualidad tibetana, no necesitará que le explique lo que es el Bön. —

Asentí con la cabeza, sin proferir palabra.

—Seguramente, usted habrá oído hablar de un monasterio femenino en la frontera con China, llamado *Shemra Dum*.

—Como no, venerable, es un monasterio de monjas del Bön Negro. Supe de una expedición francesa, integrada por una veintena de estudiosos, quienes se atrevieron a llamar a sus puertas en son de paz y de los que jamás se volvió a saber.

—Así es, amigo mío. Esas monjas, capaces de soportar una disciplina extrema, y un descarnado ascetismo, son seres demoníacos. Nos consta que se alimentan de la energía vital de todo incauto que se les acerque, y que incluso en sueños se les aparecen con un aspecto muy atractivo y sensual a los hombres para extraerles su energía, cuando en realidad son arpías repugnantes. Como usted ya sabe, solo persiguen con ello el poder y la inmortalidad.

Yo añadí que estas cosas ocurren también aquí, en occidente:

—Una compañera de universidad de Vera, mi hermana, solía tener varios encuentros sexuales diarios, y siempre con hombres distintos, a los que captaba a través de una conocida página de contactos. Un día, la invitó a asistir a una extraña ceremonia. Vera se negó a ir, pero su amiga insistía: quería convencerla de que allí le enseñarían varias técnicas para extraer la energía vital a sus amantes, tanto a los del sexo femenino como a los del masculino, según su orientación sexual, con el objetivo de mantenerse joven por mucho tiempo. Al final, mi hermana se distanció definitivamente de ella.

El monje me escuchó hasta el final, y luego continuó:

—Sí, lo sé, aquí también hay brujas, y ahora tienen ustedes a una más, y de las más peligrosas.

Le pregunté a quien se refería.

—En un lugar de montaña, cerca de un pequeño núcleo de casas llamado Soria, aquí en Gran Canaria, se ha establecido una bruja del monasterio *Shemra Dum*.

Aunque nosotros somos monjes pacíficos, no podemos permitir que ese monstruo se arraigue allí: ella tiene un plan terrible, y está a punto de llevarlo a cabo.

Si lo consigue, será venerada por muchos isleños, convirtiéndolos así en sus víctimas inocentes: planea aparecerse a un puñado de creyentes, en un área rústica de la isla, presentándose como la manifestación de la Virgen María, y dando comienzo, así, a un culto multitudinario alrededor de su maléfica persona.

Ella no busca que se le rinda ese culto únicamente por satisfacer su narcisismo: lo necesita para perpetuarse. En efecto, estos seres, para sobrevivir a través de los siglos, no solo fagocitan la energía sexual. También se nutren de otras pasiones (cuanto más intensas, mejor), tales como el odio, el miedo, la devoción, la ambición, etc. y sobre todo del conflicto en todas sus manifestaciones. Si usted tuviese la bondad de ayudarnos a llegar hasta allí, detendríamos a ese monstruo con nuestros conjuros, y lo aniquilaríamos.

—Hasta aquí, mi conversación con el lama Jetsun. Por supuesto que le dije que sí; la idea de participar en una empresa semejante, simplemente, me fascinaba. Jetsun me pasó su número de móvil, y yo dibujé unos planos basándome en su descripción del lugar, y con el auxilio de Google Maps.

Lo que no podía saber era que, pocos días después, los tres lamas iban a morir en un terrible accidente de tráfico, al precipitarse su coche por un acantilado, mientras viajaban hacia la Aldea de San Nicolás. ¿Una coincidencia? Tal vez. Entonces, asumiendo el riesgo, tomé la iniciativa de personarme allí, solo y desarmado.

Tendrían razón al pensar que había perdido la cabeza, pero, la verdad es que en ese momento no daba mucho crédito a las palabras de mi querido amigo Jetsun. Sin embargo, necesitaba ir allí, y comprobar por mí mismo que lo que me contó no era cierto. Y resultó que sí lo era...

Vera y yo lo escuchábamos sonrientes, felices de tenerlo de nuevo allí, con nosotros.

Finalmente, pregunté:

— ¿Qué significa Chenrezig?

Él sonrió:

—es el nombre tibetano del Buda de la compasión, al que me encomendaba Jetsun en sus oraciones. Tal vez yo también debí orar por ellos…

—Tal vez, Ilde —dijo Vera en voz baja.

El tono de su voz, y el vuelo de su mirada hacia la silenciosa caída del crepúsculo, ya se hallaban muy, muy lejos de aquellos insensatos delirios de grandeza y de inmortalidad. Ya solo les interesaba la inmediatez de las cosas más simples, y del amor y la belleza que palpitan en ellas. A cada instante. En todo lugar.

— ¡Un momento, un momento! ¿Me he perdido algo en estos últimos meses? ¡Me incomoda que mires a mi hermana con esos ojitos de cordero degollado! —Exclamó Ilde en tono jocoso.

—Pues tendrás que hacerte a la idea, hermano —dijo ella, estrechándome entre sus brazos y besando mis labios con ternura.

## EL ARTE DE MANOLÍN

Por fin era toda suya. Ya ningún otro se la podría atribuir sin tener que vérselas con la ley. Acababa de inscribirla en el registro de la propiedad intelectual de Las Palmas.

Entre sus amigos y familiares respondía al nombre de Manolín, pero en el mundillo del arte, se hacía llamar El Joker, y había bautizado su pieza con el sugestivo nombre de "Mujer Ofendida y Ultrajada". En realidad, cuando empezó a trabajar en ella, tenía en mente otro título: "El tren que descarriló al atardecer", pero en un segundo momento, pensó que el nombre en cuestión no era lo suficientemente reivindicativo con respecto a la realidad social y política, y que, por ende, no despertaría demasiado interés en un dilatado sector del público, por su falta de compromiso.

Después de todo, mirándola bien, lo bueno que tenía la pieza, era que podía titularse de las dos maneras, o incluso, con un poco de imaginación, de cualquier otra.

El Joker, que adoraba vestirse de payaso en sus charlas y exposiciones, era un artista que apostaba por la sencillez absoluta: estaba totalmente en contra de utilizar materiales costosos y sofisticados en sus creaciones, salvo en el caso de que fuera absolutamente necesario.

También detestaba el prejuicio dominante entre la mayoría de los artistas, de crear obras de cara a la posteridad: él apostaba por lo efímero, lo fugaz, porque la vida así lo era. Buscaba el arte que durase apenas unos segundos, que muriera o se transformara en otra cosa distinta en el momento mismo en que el observador lo percibía, cuando ya creía poderlo catalogar en sus estrechas categorías mentales.

En su proceso de evolución artística, El Joker fue desechando los materiales más burdos, hasta quedarse con el único que consideraba verdaderamente puro: la mente del observador.

El *súmmum* del arte, según él, consistía en poder plasmar directamente esa materia prima, recurriendo lo menos posible a objetos exteriores para poderlo lograr.

¿Cómo hacerlo? Aplicando el famoso experimento del gato de Schrödinger (o paradoja del gato), según el cual, el felino, metido en una caja opaca, hasta que nadie decidiera abrirla, estaría vivo y muerto al mismo tiempo. En el momento preciso en que la caja fuese abierta, la percepción del propio observador intervendría modificando el estado del animal, que estaría, a partir de ese instante, o vivo, o muerto, pero no ambas cosas a la vez, de acuerdo con el "principio de incertidumbre".

El Joker hizo un pedido por internet de varios miles de cajitas de cartón a una papelería. Eran pequeñas, cúbicas, de unos cinco centímetros de arista, y ensamblables. Perfectas para su propósito.

Cuando estas por fin llegaron, comenzó a trabajar incansablemente. El ensamblaje de cada cubito iba asociado a un ritual en el que el creador plasmaba en una "visualización" puramente mental, un "proceso" de cualquier índole, y luego "visualizaba" cómo el mismo se reproducía dentro de la cajita mientras que la ensamblaba. Al terminar de ensamblarla, siempre según la mecánica cuántica, el "proceso" seguía y no seguía dándose allí, al mismo tiempo.

"Mujer Ofendida y Ultrajada", a saber, el "proceso" que acababa de patentar, iba en cajitas color rosa, acompañadas de un libreto de instrucciones, que rezaba, más o menos así:

"Léase atentamente antes de abrir: este proceso creado por mí, dura fracciones de segundo, y consiste en un primer movimiento, que incluye un suspiro envuelto en una ráfaga de vientos alisios con el aroma de una hoja de laurel otoñal, y un segundo movimiento, en el que suena la nota Si Bemol ejecutada con trompeta barroca, mientras emerge el color violeta pálido en el horizonte visual. Es precisa una calidad de atención extraordinaria para captar todo el proceso de un simple "vistazo". Un proceso que es, por otra parte, único e irrepetible, por lo cual, si usted no lo captara, tenemos muchas otras cajitas en stock, también de otros títulos y colores, y con otros "procesos" que se dan y no se dan en su interior. Advertencia: podría ser que, debido al principio de incertidumbre, el proceso no tuviera lugar en el momento de abrir el cubo, pero ¡Así es la vida de imprevisible! Precio: 20 euros. Precio extra, lacito de seda para regalo: 2 euros más (disponible en varios colores)."

El Joker se consideraba un genio, y estaba convencido de que esta vez iba a arrasar. Tenía unas tremendas dotes de vendedor y un talento innato para las relaciones públicas (había vendido hamacas de puerta en puerta durante años, y consiguió ganar mucho dinero en ese negocio).

Comenzó por promocionarse en su oficina. Allí imprimió cantidades ingentes de fotocopias del cartel que había realizado en su PC, en el que hablaba de las bondades de su obra, su precio, y el modo de adquirirla. En una mañana llenó el ministerio donde trabajaba como funcionario de cartelitos con su foto, sosteniendo un pequeño cubo de papel del que parecía salir una nube de electrones, o algo tan difuso y etéreo como eso.

Al mismo tiempo, se había traído de su casa unos cuantos centenares de cajitas de cartón ya ensambladas que estaba decidido a vender en un tiempo récord.

Con ese fin, también promocionó su última obra en todos sus perfiles de las redes sociales, y empezó a dar conferencias sobre el principio de incertidumbre en el arte. En un futuro proyectaba impartir cursillos dirigidos a creadores de "cubos de procesos", como él mismo gustaba llamarlos, en los que les ofrecería también unas lecciones previas de yoga, meditación y visualización creativa.

El Joker estaba eufórico, y al mismo tiempo frustrado al no conseguir que su madre comprendiera el alcance de su obra.

"A mí me parece que ahí dentro no hay nada, mi hijo", no se cansaba de repetir la pobre anciana, entre perpleja y temerosa de herir los sentimientos de su vástago, refiriéndose a las cajitas.

Quería muchísimo a su mamá, pero eso no quitaba que la pobre mujer perteneciera a otro mundo, otra época, en la que aún imperaba la perspectiva newtoniana, y por eso era incapaz de comprender algo tan innovador.

Pronto empezó a ser entrevistado en la radio, luego también en la televisión, y las ventas de "procesos" se dispararon.

Recibía comentarios entusiastas que incluso llegaban de otros países, en los que personas algo excéntricas y exaltadas aseguraban que su "caja de procesos" les había salvado la vida, o que al menos había cambiado radicalmente su percepción de la misma. Términos sacados del terreno de la mística, tales como "revelación", "trascendental", o "éxtasis" eran utilizados con exagerada frecuencia para describir esa experiencia directa de la fugacidad de la existencia que proporcionaba el arte de Manolín.

El Joker se enriquecía cada día más. Digamos que, si su cuenta corriente hubiese sido equiparable a una caja de Schrödinger, el gato que tenía dentro era un "proceso" expansivo en rápida evolución, de cuya existencia, con o sin observador, él no tenía la menor duda.

De todos modos, el Joker pertenecía a esa clase de personas que, aunque amen vivir en el lujo y el despilfarro, no trabajan por dinero. No. Ellos solo quieren darle a la humanidad una oportunidad de ser como ellos: seres conscientes y sensibles que, a través del arte, nos vienen a señalar el camino hacia la verdad, y a liberarnos de nuestros brutales prejuicios y de nuestro egoísmo atávico. Personas que si saben adónde van, y que, bondadosamente nos guían con sus exposiciones y *performances.*

Adoraba ver como la nube de octavillas que salía de la avioneta que había contratado al efecto, descendía, para acabar empapelando toda la playa de Las Canteras con su fotogénica sonrisa, que anunciaba procesos a nivel cuántico a 20 euros la cajita (lacitos aparte).

Estaba encantado con su *WhatsApp* cargado de mensajes de chicas que le suplicaban que "vivenciara" con ellas algún "proceso" relacionado con el amor y el sexo. Hubo una que incluso lo amenazó con suicidarse en el caso de que no accediera.

Un día, al salir del curso de "visualización cuántica" que impartía en un aula del Club Náutico, Mercy apareció.

—Te invito a un café - le dijo, siempre tan encantadora.

Él iba vestido con su traje de payaso al estilo más clásico: zapatones, pantalón rojo con tirantes, camisa de cuadros; una peluca con bombín, nariz de bola roja, flor a chorro en el ojal etc., que solo utilizaba en los eventos más señalados.

Ella era morena, delgada, alta, muy elegante tanto en su modo de estar y de moverse como en el vestir. Dirigía una sala de exposiciones en el antiguo barrio de Vegueta; también pintaba y, eventualmente, exponía su obra. Su mirada perspicaz y analítica, le confería una fuerza descomunal a su ya de por sí hermoso rostro, dejando entrever, solo en algunos momentos, cierta dureza.

Fue honesta con él:

—solo te diré la verdad, ya me conoces, soy así. Quieres saber el porqué de mi negativa a exponer tu obra en mi sala. ¿No es cierto?

—Sí, eso mismo —respondió él.

Ella continuó:

—Si no he entendido mal, se trataría de que los asistentes hagan un recorrido por la misma, abriendo en cada punto establecido por ti, una de tus "cajas de procesos", ¿No es así?

—Exactamente.

—Y todo gratis, supongo...

—Por supuesto. Solo sería una pequeña muestra de lo que hago. Luego, a la salida de la exposición, podrán adquirir las "cajas de procesos" que gusten, y otros artículos, como fotos mías (con, y sin nariz de payaso), videos, música, el libro de mi biografía (autografiada y dedicada, por supuesto), que contiene un gran número de fotos inéditas etc.

Mercy lo miró:

—Voy a ir al grano —dijo.

Se despojó rápidamente de su disfraz de cordialidad, y sus ojos adquirieron de pronto una inesperada insolencia.

—El concepto en que se basa tu obra me resulta fascinante, soberbio incluso: el principio de incertidumbre, la inasibilidad de ciertos procesos, su vida efímera, etc. Pero tu forma de representar todo aquello, de convertirlo en arte, es, sencillamente una burla, un insulto a la inteligencia. Una estafa que te ha hecho ganar un montón de dinero.

Él trató de defenderse.

—Ya, ya sé lo que me vas a decir, pero espera —continuó la mujer.

—Estoy convencida de que no mientes cuando dices que no te importa el dinero. Pero de lo que también estoy segura es que tampoco te importa el arte, que para ti es solo un complemento más de tu vanidad. Tu verdadera y única obra maestra es tu hipertrofiado ego, que nos restriegas en la cara a todos a la mínima oportunidad, con el pretexto de tus estúpidas puestas en escena.

Él no se daba por vencido, era un tipo duro de pelar; sacó de su ancho bolsillo de payaso un cubo verde con su libreto correspondiente, en el que se leía: "Efluvios de Languedoc".

Ella lo volvió a mirar, perdiendo la paciencia:

— ¿De qué vas con esta cursilada?

—Solo calla y despliega tus cinco sentidos.

Dicho esto, abrió la caja, y observó a Mercy del mismo modo en que un científico escrutaría una cobaya en su laboratorio.

—Es increíble —continuó ella —hasta qué punto has sido capaz de creerte tus propias patrañas: esa caja está vacía, totalmente vacía, como todas las demás, y como tú... como ese ego tan hinchado de aire, tras el cual no hay nada, nada en absoluto. —

Dijo ella elevando la voz. Luego cogió la cajita, la comprimió y estrujó en su mano hasta destrozarla, y, levantándose, la tiró en una papelera cercana. Hecho lo cual, se fue.

Manolín se quedó solo en la elegante cafetería del Club. En realidad, a él todo aquello le importaba un carajo: esa boba le recordaba a su madre, con el agravante de que, a diferencia de su vieja, se las daba de muy leída y enterada. De pronto recordó que debía irse a dormir: por la mañana tenía que cubrir un espacio televisivo de diez minutos en el canal *tele tienda*, para seguir promocionándose.

## LA MARIONETA

Estaba desconsolada. Wilfredo había muerto, y acababan de incinerarlo. Se encontraban de pie, en el tanatorio; ella, la inerme, la vulnerable  y frágil viuda, con la urna llena de cenizas del difunto entre las manos, acompañada por la única hija que le seguía siendo fiel: Marta. Los demás, en cuanto pudieron se fueron escabullendo, fueron pasando página. ¿Por qué? ¿Es que acaso había sido tan mala con ellos? No. Solo eran unos ingratos. No se trata así a una madre.

Sí, es cierto que, en vida, Wilfredo había sido un hombre obsesivo y paranoico, y que en ocasiones llegó a ser muy violento con los niños. Pero ¿Qué culpa tenía ella de quererlo, a pesar de todo?

En un principio, tanto Marta cómo sus hijas, tuvieron la idea de celebrar ese rito familiar, hoy tan al uso, que consiste en sembrar las cenizas por el campo, o en el mar, o desde la cima de un acantilado. También se barajó la idea de plantar un árbol, colocando las cenizas de Wilfredo bajo sus raíces, para que él, de algún modo, siguiera vivo a través de este.

Pero la viuda se estremeció al solo pensarlo: su pobre Wilfredo podría ser víctima de los pájaros, que lo picotearían desaprensivamente, de los niños malcriados que se subirían sobre sus ramas, pudiendo incluso partirlas... no. No podría soportar abandonarlo a su suerte, en esas condiciones.

Mientras que le encendía un cigarrillo a una de sus nietas, que acababa de llegar, susurró:

—Es mejor que lo llevemos al cementerio de la Atalaya, donde descansa su madre, en un nicho exclusivo con vistas al mar, rodeado de la flor y nata de la burguesía del pueblo. Juntos, se harán compañía. Además, aunque los dos estaban desquiciados, y ella tenía un carácter de mil demonios, una discusión de vez en cuando les daría un poco de chispa ¿O no? Hay demasiada tranquilidad en un camposanto, para alguien con tanta energía como ella; creo que se debe estar aburriendo mortalmente.

Su nieta soltó una fuerte carcajada al oír esa expresión tan desafortunada.

— ¿de qué te ríes?

Le preguntó la viuda con actitud ofendida.
—Mortalmente. Has dicho: "aburriendo mortalmente" —respondió, con una sonrisita lela.
A Marta, la idea no le hacía ninguna gracia: eso suponía ir al ayuntamiento, e iniciar un complicado trámite para que se le concediera el permiso de apertura del nicho con el fin de colocar las cenizas del finado con los restos de su madre. Habría también que hacer esculpir el nombre de su padre en la lápida, debajo del de

su abuela. En fin, por si fuera poco, un trabajo añadido.

Pasaron los meses, sin que la viuda, que, al fin y al cabo, era la que tenía la última palabra, se decidiera.

Durante todo ese tiempo, Wilfredo estaba allí, en un armario, esperando, contrariado.

En la casa, los ánimos, ya de por sí alterados por problemas relacionados con la herencia, la mala conducta de las nietecitas, etc. fueron desquiciándose cada día más.

El verdadero causante de todo ese malestar era Wilfredo que, en la sombra, se sentía muy irritado porque nadie se acordaba de que quería irse con su mamá, generando a su alrededor ese ambiente tan hostil.

En realidad, la viuda lo recordaba y lo echaba muchísimo de menos: cada vez que llegaba el día de su cumpleaños ella sacaba el bote con las cenizas, y lo ponía sobre una especie de altar en su cuarto, con un par de velas encendidas. Los efectos personales de Wilfredo, tanto los que estaban en su dormitorio, como los de su estudio, se encontraban, al cabo de los años, casi exactamente en el mismo lugar donde él los había dejado. Eso ocurría porque era sabido que a la viuda le disgustaba mucho que se cambiaran de sitio.

Pero Wilfredo estaba cada día más furioso. Todos hacían caso omiso de su última voluntad, y ya era preciso pasar a la acción. Por lo pronto, la única venganza posible desde su urna de porcelana era la de irradiar las vibraciones más oscuras y maléficas de las que fuera capaz.

Al cabo de tres años desde su muerte, todo el mundo estaba al límite: La viuda velaba de noche, en su cuarto, en penumbra, y dormía durante casi todo el día. Marta y sus hijas, que se habían establecido allí, aceptando la suculenta oferta de la viuda de darles la mayor parte de su herencia a cambio de cuidar de ella, estaban siendo pasto de la neurosis, de los terrores nocturnos, de una sensación creciente de pérdida del sentido de la realidad, de la inercia, del decaimiento y de toda suerte de hábitos adictivos.

Encontrándose inmersas en semejantes circunstancias, las ocupantes de la casa comenzaron a tomar decisiones, cuando menos, pintorescas. Por ejemplo, a una de las nietas, se le ocurrió un día la macabra idea de que, si querían seguir teniendo al abuelito Wilfredo en casa, aquí, en Las Palmas, en lugar de enviarlo al cementerio del pueblo, podían ponerlo dentro de la marioneta de pinocho que estaba en un cajón de la solana. ¿Cómo? Muy fácil: la llevarían a un carpintero que la vaciaría parcialmente en su interior. Acto seguido, meterían las cenizas dentro de ella por un hueco, que finalmente sellarían con cera, cola o algo por el estilo.

La viuda escuchó a su nieta en silencio, con el ceño fruncido.

—No tendrás que temer que nadie le haga daño, abuelita, tan solo lo sacaríamos de la caja que se fabricaría con ese fin, cuando tu estés presente.

Trató de convencerla la joven.

La viuda no dijo nada, y se encerró en su cuarto. Por un lado, aquello le pareció un disparate mayúsculo, pero por otro, sentía una tremenda necesidad de volver a verlo en persona, con ojos, brazos, y piernas, y no bajo la apariencia de un simple tarro de porcelana.

Al cabo de una semana, Marta recibió el aviso del carpintero de que el trabajo que le habían encargado ya estaba listo. Al carpintero se le había dicho que la marioneta era un regalo de cumpleaños para un sobrino, y que, en su interior iban a esconder una sorpresa.

Una vez sola en casa, Marta, a petición de su madre que prefirió no estar presente, realizó el trasvase de las cenizas al interior de la marioneta. Sus hijas estaban en la calle, de paseo con sus amigas.

Luego, procedió a cerrar con una pequeña tapa de plástico el agujero, que estaba en la región dorsal del muñeco. Finalmente, lo selló con silicona, colocando la marioneta en una caja de madera a su medida, fabricada por el mismo carpintero.

Los días que siguieron fueron muy extraños. La viuda, que dormía en las horas diurnas, durante las noches parecía mantener largas conversaciones con alguien, no se sabía con quien, en voz muy baja, para luego quedarse en silencio hasta el amanecer. Poco a poco se fue haciendo más huraña y hostil, y apenas si les dirigía la palabra a sus atónitas nietas e hija. Las pocas veces que salía de su madriguera, les echaba miradas llenas de odio y de desprecio. Nadie se atrevía a entrar en su habitación durante esas conversaciones nocturnas en las que solo se oía su voz. Marta pensó incluso en irse a vivir a su propia casa, con las chicas, porque comenzaban a estar todas muy inquietas.

Algunas noches se despertaban de improviso, oyendo un extraño e insistente repiqueteo, fuera, en el pasillo, como el de unas castañuelas, que parecían acercarse y alejarse, recorriendo toda la casa.

Cuando un día, por fin, se atrevieron a comentarle estos hechos a la viuda, esta se enfureció:

— ¿Tienen alguna queja? Pues váyanse a su casa, y déjennos vivir tranquilos. ¡Ya estamos hartos de intrusos! ¡Fuera! ¡A la calle!

Asombradas, las cuatro vieron, en la expresión enajenada de la viuda, el vivo retrato de la que solía tener el padre de Marta, Wilfredo. Su lenguaje, insultante y soez, lleno de desprecio y de prepotencia, era el que el fallecido acostumbraba a emplear con los más indefensos.

Aterrada, Marta llamó por teléfono a una hermana suya que vivía en el extranjero, explicándole la situación.

— ¿Estará poseída? ¿El espíritu de nuestro padre estará hablando a través de ella?

Alejandra, su hermana, le respondió:

—No, Marta. Es ella. Eso que ves, es lo que siempre ha sido en realidad. Nos ha engañado a todos con su fingida inocencia e indefensión. Pero yo… hacía tiempo que no le creía.

Alejandra terminó diciendo:

— ¿Sabes? Tengo la solución al problema, y está a tu alcance ahora mismo.

— ¿Y cuál es?

—Coge ese maldito muñeco y préndele fuego, de una jodida vez. Pero no sin antes agradecerle el haberte mostrado al fin quien es en realidad tu madre. Y no porque el muñeco esté embrujado: no lo está. Sino porque ha sido el detonante que ha sacado a la luz lo que ella, desde siempre, nos había conseguido ocultar.

## CUANDO PASE EL TEMBLOR

I

Temió que fuera el Parkinson, o alguna otra enfermedad degenerativa.

Su padre había padecido de temblor esencial, que, gracias a la medicación, pudo mantener a raya. Pero el Parkinson… le preocupaba mucho más. Sus síntomas, iban desde la pérdida del olfato (anosmia) y el estreñimiento, al temblor, la pérdida de equilibrio, la rigidez muscular, que pueden llegar a ser inhabilitantes para el desempeño de cualquier actividad, sin mencionar el probable deterioro cognitivo, que era lo que realmente lo atemorizaba.

El caso es que, tras un período de su vida en el cual había sufrido un alto nivel de estrés, se encontró con que, de la noche a la mañana, su brazo izquierdo le temblaba de un modo casi imperceptible. En el transcurso de un año, el temblor se volvió más intenso y también más visible, extendiéndose a la pierna izquierda.

Necesitaba que lo examinara un neurólogo. Ese era un hecho al que había estado dando la espalda desde hacía meses, por mucho que Mónica, su esposa, insistiera en señalárselo.

—Ya no podemos siquiera ir de la mano por la calle, a menos que me des la que no tiembla, o sea, la derecha. Si seguimos adelante así, llegará un momento en que tampoco estarás en condiciones de conducir. En el trabajo ya lo saben todos, me lo dijo Regina, tu compañera, pero no te dicen nada para no incomodarte.

Pensó en sus compañeros y compañeras, y suspiró con alivio al considerar la suerte que tenía de estar rodeado de gente tan fantástica. Y de ahí su mente voló muchos, muchísimos años más atrás...

Pablo, en su juventud, atravesó un largo periodo de búsqueda espiritual, que le llevó a dejar estudios y familia, para echarse a andar por los caminos del mundo con una mochila y muy poco dinero. Tras recorrer España, Francia e Italia, experimentando, según su propia apreciación, pequeñas e íntimas revelaciones, por fin ingresó en un monasterio budista zen de la escuela Rinzai, ubicado en Úmbria, Italia, siendo admitido como novicio. La vida allí era realmente dura. Las horas de meditación, que comenzaban a las cinco de la mañana, y se distribuían a lo largo de toda la jornada, se empataban con las de trabajo en el campo. El tiempo libre se reducía a una media hora después del almuerzo y otra media hora después de la cena.

Tras casi tres años de intensa práctica y disciplina, llegó la crisis: tiempo atrás había leído un par de artículos acerca de la "Enfermedad del zen", y ahora temía muy seriamente haberla contraído. Según los expertos, dicha dolencia puede manifestarse de distintas formas. La más común, al parecer, es la que se presenta en forma de desaliento, abandono, angustia, ansiedad, y rechazo a todo lo relacionado con la espiritualidad. Un decaimiento que puede conducir al practicante a la más negra de las depresiones.

Cuando abandonó el monasterio, regresó a su casa con la dolorosa sensación de estar mucho más confuso que antes de ingresar en él. Si alguien le preguntaba qué era lo que había aprendido allí, solo podía responder:

—nada. Pero he desaprendido muchas cosas.

"Para ese viaje no se necesitan alforjas"

pensaría más de uno.

En realidad, cómo el propio maestro zen le había dicho en más de una ocasión, para adquirir conocimiento es preciso aprender cosas, pero para vivir con sabiduría hay que empezar por hacer a un lado todo un gran cúmulo de opiniones, creencias, conceptos, que venimos llevando incorporados en nuestros cerebros desde muy atrás, y que, por lo general, jamás hemos cuestionado. Estas ideas enquistadas, no nos permitirían nunca percibir la vida con frescura, de un modo claro y directo.

Pero Pablo ni siquiera había desaprendido lo suficiente como para percibir las cosas de esa forma.

Y el sentimiento de fracaso, de duda, de angustia que evidenciaba la expresión de su rostro, hacía que los demás tuvieran la impresión de que sus tres años en un monasterio zen no solo no le habían servido de nada, sino que acabaron por confundirlo y desorientarlo del todo.

Según lo que había leído, la enfermedad del zen llegaba como resultado de un largo y profundo esfuerzo unidireccional orientado hacia la búsqueda de la Verdad, sin la obtención del más mínimo resultado. Es decir, que era el producto de una intensa y profunda frustración existencial.

Muchos maestros comparan el efecto psicológico de "la enfermedad", con el de llegar de improviso a un callejón sin salida, a doscientos km/hora, tras un largo y penoso recorrido lleno de obstáculos, para el cual uno se había estado entrenando a fondo durante años.

Ante los consiguientes síntomas, lo único que recomendaban los maestros era dormir mucho durante un tiempo, lo que parecería confirmar la idea de que se tratara únicamente de un alto nivel de estrés.

Después de su regreso, la vida cotidiana: trabajar, relacionarse, viajar, enamorarse, etc. nunca dejó de tener, como trasfondo, aquella especie de niebla en lo más hondo, aquella confusión interior, que no le permitía vivir en paz, hiciera lo que hiciera.

Aun así, se casó, tuvo hijos, y durante muchos años, aborreció todo lo relacionado con el zen, la meditación, el budismo, y otras cuestiones similares. Ya ni siquiera estaba seguro de que meditar fuera tan bueno como afirmaban sus más entusiastas defensores, o si simplemente conducía a un estado de aturdimiento, de embotamiento mental, que ellos confundían con la Iluminación.

Pensaba que el pasarse tanto tiempo sentado tratando de estar en silencio, con el fin de alcanzar ese estado de conciencia superior, solo podía ser propio de una mente terca y ambiciosa, que, esencialmente, no se diferenciaba en nada de la que no escatima medios para convertirse en millonaria.

Se convenció de que lo más sensato era relegar la tan anhelada Iluminación al desván de los viejos mitos de la humanidad, y trató de contentarse con lo que la vida le deparaba, con sus placeres pasajeros y sus fugaces alegrías.

Pero ahora, el temblor lo estaba llamando a reconsiderarlo todo.

Empezó a recordar con nostalgia la quietud del cuerpo y de la mente, que a menudo lo embargaba en tiempos lejanos, cuando practicaba la meditación zen (zazen). Trató de sentarse en la postura del medio loto, pero había pasado demasiado tiempo sin hacerlo, y ya le resultaba extremadamente doloroso. Se acordó de que a los occidentales que comienzan a practicar la meditación a una edad avanzada, se les permite sentarse en una silla, y no en el suelo en la postura del loto, porque si no, no aguantarían ni dos minutos (El poeta y cantautor Leonard Cohen, ya anciano, sorprendió al mundo recluyéndose un año o dos a meditar en un monasterio zen).

Pablo se sentó en una silla lo bastante cómoda, adoptando la postura adecuada: espalda erguida, pero sin rigidez, las manos por debajo del ombligo, formando el mudra cósmico, los ojos algo entornados, y la cabeza ligeramente inclinada hacia delante.

Desgraciadamente, la mano, y con ella todo el brazo izquierdo, tras medio minuto de quietud, comenzó a temblar más y más.

Se planteó no luchar contra aquello, esperando que, al mantenerse estoicamente en esa postura, el temblor disminuyera hasta detenerse.

No fue así: el temblor siguió, y de un modo cada vez más intenso.

Tras quince minutos de forcejeos, de esfuerzos desesperados por no esforzarse, de suma tensión, dio por acabado el experimento; tuvo ganas de llorar: ya no podía siquiera estarse quieto unos minutos. Se sentía acabado, y, si lo que tenía era Parkinson, podía despedirse definitivamente de la calma y de la quietud. Viviría en permanente conflicto, luchando contra un desenfrenado movimiento involuntario que le impediría definitivamente vivir en aquel estado de paz espiritual con el que siempre había soñado.

Ya estaba decidido: mañana mismo iba a pedir una cita con el neurólogo. Necesitaba saber la verdad.

II

El doctor Sánchez, neurólogo, era especialista en trastornos del movimiento y su aspecto hierático recordaba al de un bonzo noble y bonachón. Tras someterlo a varias pruebas físicas, solicitó que le hicieran una resonancia magnética y una tomografía. Son pruebas que tardan a veces meses en realizarse, así que, mientras tanto, le recetó una medicación para aliviar el temblor.

Al preguntársele, Sánchez respondió que hasta que no viera los resultados de las pruebas, no podría determinar que lo suyo fuera Parkinson, pero que era lo más probable.

Saliendo de la consulta, Pablo, solo quería morirse. Pensó que ese era el castigo, muy merecido, por pensar exclusivamente en su mezquina Iluminación particular, con vistas al mar, piscina y cancha de tenis incluidas.

¡Cuánto egoísmo! Era muy significativo, para él, que su "pecado", por llamarlo de alguna manera, tuviera por castigo la permanente inquietud: la privación total de la paz que tanto había perseguido.

Lo único que daba sentido a su vida ya solo era el cariño y la comprensión que podía encontrar en casa, por parte de su mujer y su hija. Y no pedía más. Bueno, sí, sí que pedía algo más: pedía poder dormir, dormir, huir de aquella condena. Encontrar, en el sueño una escapatoria, una breve tregua al sufrimiento. Pero en realidad, cada vez dormía menos.

Acudió a su memoria un museo que visitó en Roma hacía muchos años, del que le había llamado especialmente la atención la parte dedicada a los instrumentos de tortura. Entre otros artilugios espantosos, vio una gran piedra blanca, esférica, que iba unida a una gruesa cadena de poco más de medio metro de largo. Al otro extremo de la cadena, había un grillete provisto de una gran cerradura cuya función era la de asir el pie del reo. Esa bola de piedra tenía la peculiaridad de llevar en su superficie una talla realizada por el mismo preso que había cargado con ella durante más de una década: este había labrado toscamente, con algún objeto que usaría a modo de cincel, una extraña cara con una enorme sonrisa burlona. ¿Sería aquella imagen, una representación de su propia suerte?

Semanas más tarde, al salir del hospital donde al fin se le hizo la resonancia magnética, volvía a su casa avergonzado: el temblor había llegado a tal punto que, durante la prueba, aunque lo inmovilizaran con sujeciones a la mesa de la máquina, los técnicos de radiología se vieron en serias dificultades para que la imagen resultase clara, porque él temblaba sin parar. De hecho, la prueba se prolongó más de lo habitual.

Se preguntaba cómo sería su vida dentro de una década: iba a ser una carga para Mónica, muy probablemente.

Trató de animarse, recordando las palabras de una compañera de trabajo, que también padecía de Parkinson:


—En cada persona se manifiesta de un modo distinto: algunos, terminan encamados en cuestión de semanas, y nunca vuelven a poder andar por su gran rigidez, mientras que otros no paran de temblar, agitados como árboles en medio de una tormenta. Algunos desarrollan síntomas parecidos a los del Alzheimer, y acaban por no recordar siquiera a sus personas más allegadas, mientras que hay otros que conservan una memoria y una lucidez formidables. Otros más, finalmente, apenas desarrollan síntoma alguno… ¡Mírame a mí, por ejemplo!

Y era verdad; cualquiera que trabajara codo a codo con ella durante unas pocas horas se daría cuenta de que era una mujer activa, ágil, despierta, sin lagunas mentales, y con una memoria de hierro. Después de varias décadas, su Párkinson apenas parecía haber avanzado un ápice. Solo en ocasiones podía apreciarse un leve tremor en una de sus manos, y nada más.

Pablo, había decidido volver a su casa andando. Aún absorto en la espesa niebla de sus pensamientos, sintió vibrar y sonar su móvil. Mientras lo sacaba de su bolsillo para contestar a la llamada, se le vino encima, a gran velocidad, una furgoneta. Sintió como lo arrollaba.

En ese instante, se vio a sí mismo al final de un callejón sin salida, ante un altísimo muro blanco, sumido en un estado de absoluta y total desesperación. De pronto, como impulsado por la acción de un resorte, giró 180 grados sobre sus talones, y luego… la nada, el fin. Todo quedó en silencio.

III

Cuando despertó, lo primero que vio fue el amoroso rostro de Mónica, su esposa, exultante de alegría. Luego supo que habían transcurrido varios meses desde que lo ingresaran en la UMI del Hospital Negrín, en estado de coma.

A partir de allí, su evolución fue muy rápida: pasó a la planta de traumatología, y de allí, tras un estudio conjunto entre traumatólogos y neurólogos, en una docena de días se le dio de alta, regresando a su casa para quedarse una temporada en reposo.

Pablo se sentía profundamente tranquilo, descansado. Como quien, después de un sueño horrible, despierta y se da cuenta de que su vida no es, después de todo, tan mala. A pesar del cambio climático, a pesar de las deudas, de los falsos amigos, y de la subida de la luz y la gasolina. A pesar del Parkinson.

Tal vez por haber estado tanto tiempo en reposo, aún no había empezado a temblar, y eso comenzaba a resultarle incluso extraño.

Tanto Mónica como Gabriela, su hija, habían ido a trabajar, y se encontraba solo en casa. De pronto, sintió el impulso de dirigirse hacia la silla de su estudio, en la que se acomodó, adoptando la consabida postura *zazen*.

Esperó la llegada del temblor. Siguió esperando, y esperando, en vano.

De pronto, lo embargó un profundo gozo, una gran quietud, en el cuerpo y en el alma. No buscaba nada, no perseguía nada: tan solo disfrutaba de esa calma, de esa armonía que durante tanto tiempo le había sido negada.

Se dio cuenta de que la máxima quietud era, al mismo tiempo, la acción suprema: músculos, nervios, articulaciones, en un delicadísimo equilibrio de fuerzas, de forma natural, sin conflicto alguno, sin esfuerzo, hallaban en la inmovilidad su plenitud.

Al fin y al cabo, pensó, nuestro propio planeta, que a sus habitantes nos parece algo fijo y estacionario bajo nuestros pies, viaja, en realidad, a una velocidad vertiginosa alrededor de sí mismo y del sol, que en su movimiento de traslación se desplaza a una velocidad media de 220 km. por segundo por la galaxia, la cual, a su vez, gira sobre su propio núcleo a una velocidad de unos 160 km. por segundo.

Pero, al mirar hacia el firmamento plagado de estrellas, no parecería que fuera así: todo expresa una profunda y serena quietud.

Pablo, sentado en silencio, se abandonó a esa danza invisible, y sintió que formaba parte, prodigiosamente, de aquel equilibrio supremo. Era la primera vez que colocaba su cuerpo en aquella postura sin proponerse alcanzar alguna clase de quimera, sin correr detrás de ningún señuelo fantástico. Simplemente se quedó ahí, inmóvil, participando de la silenciosa armonía de las cosas.

IV

Pocos días después recibió la llamada del Doctor Sánchez:

—Preferí decírtelo personalmente: los resultados de la resonancia y del escáner dan negativo. Es una alegría para mí anunciarte que no tienes Parkinson, Pablo. De todas formas, ven el lunes a las nueve a consulta, ¿Vale?

—Gracias Doctor —respondió tranquilo. —Allí estaré.
—Me enteré de tu accidente: ¿Te quedaron secuelas?

—no, no.

—Cuánto me alegro. ¿Y por lo demás? Me refiero al temblor... ¿Qué tal?

—Perfectamente.

Hubo un silencio, después del cual Sánchez concluyó, con un tono algo escéptico:

—Bueno, bueno... te espero el lunes. Ya me contarás.

# EL VIAJERO DE TOMBUCTÚ

Circuida por el silencio atemporal del desierto al igual que un oasis, aquella bulliciosa ciudad en la que se entremezclaban la realidad y la leyenda, lo había fascinado desde su más temprana juventud. Lo obsesionó hasta el punto de acabar convirtiéndose, con el andar del tiempo, en su razón de ser. Edificada casi exclusivamente en adobe (barro moldeado y oreado), ubicada en pleno desierto del Sahara, a apenas siete kilómetros del inmenso rio Níger, muchos viajeros, buscadores de lo mítico y de lo legendario, vieron en Tombuctú su El Dorado, su Atlántida o su Shangri-La. Al parecer poseía, además, una biblioteca comparable a la de Alejandría. Libros y usanzas provenientes de la lujuriante Al Ándalus, enriquecían y colmaban de poesía, de arte y de belleza sus calles, jardines y bibliotecas, y algunos viajeros aseguraban que era usual encontrar a gente de piel negra o color caoba en cualquier esquina de sus calles y mercados, que interpretara cantos y danzas de un modo que recordaba mucho al andalusí.

A pesar de que el acceso a la ciudad estaba terminantemente prohibido a los infieles, René, buen conocedor de la lengua y la cultura árabes, logró cruzar sus murallas, y vivir allí dos semanas, haciéndose pasar por un viajero egipcio. Se había dejado crecer, para la ocasión, una espesa barba que le cubría el rostro. A pesar de ello, su aspecto innegablemente centroeuropeo, le causó más de un problema, pero siempre, al final, sus profundos conocimientos del Corán y su impecable acento cairota terminaban siendo, para él, el mejor salvoconducto.

Después de dos semanas de total inmersión en el trasiego cotidiano de aquella misteriosa ciudad, en la que tuvo que hacerse pasar por fundamentalista islámico por evidentes motivos de supervivencia, aprovecharía el paso de una caravana que iba a cruzar el Sahara para unirse a ella, y, finalmente, regresar a Europa.

De madrugada, René se encaminó a pie, llevando bridas en mano su camello, hacia las puertas de la ciudad.

Ya realizado su sueño, se podía ir en paz, cargado de objetos y, sobre todo, de anotaciones tomadas por él mismo a vuelapluma sobre el terreno, que le harían merecedor del premio que otorgaba la "Sociedad Geográfica de París", a quien regresara con una descripción fidedigna de aquella Ciudad Santa.

Su mayor trofeo era un antiguo manuscrito que había encontrado en una cripta, ubicada en los subterráneos de la biblioteca: la tradición decía que ese libro había sido hecho con madera tomada del árbol de la Vida, y que tenía el poder de abrir los ojos de quien lo leyera, convirtiéndolo en un ser inmortal. Sin embargo, al lector indigno, le tendría reservada una muerte atroz. René aún no se había atrevido a abrirlo, y es que había otra cuestión que no lo dejaba de atormentar: su conciencia le recriminaba el hecho de que se llevara a escondidas y de mala fe un objeto valiosísimo que era parte esencial del acervo cultural de Tombuctú.

Tal vez, colocado sobre un elegante atril, tras una vitrina de un museo parisino, ocuparía un lugar de honor entre otras piezas arqueológicas, pero su magia, su misterio, se extinguirían lejos de su mundo, del mismo modo que muere un pez fuera del agua.

No le bastaba la excusa de que todo valía con tal de que fuera por el interés de la ciencia: sentía en lo más hondo que aquello no era lo correcto y que le iba a pesar durante el resto de su vida.

Cuando ya casi se encontraba ante los guardas que custodiaban la puerta oeste de la ciudad, ocurrió lo imprevisto: un joven le arrebató la alforja en la que llevaba el libro, y corrió hacia la ciudad atropelladamente, refugiándose en un laberinto de callejuelas.

Los centinelas lo miraron fijamente: sus ojos salvajes ardían como antorchas. René supo de inmediato que volver a por el libro le podría costar la vida. Después de todo, lo más valioso para la ciencia (sus escritos y anotaciones), iba con él, rumbo a Francia. Además, francamente, casi le agradecía a aquel ladrón que cargara con el maldito botín, porque de ese modo, aún existía alguna esperanza, aunque tal vez remota, de que el raro manuscrito regresara a su cripta en la biblioteca. Más aún: sintió que aquel desconocido le había quitado un gran peso de encima, porque (y este es un hecho del que desde ese momento tuvo plena certeza) hay tesoros a los que es preciso saber renunciar.

La caravana estaba estacionada afuera, a unos trescientos metros allende la puerta oeste de la ciudad, y, a través de esta, René vio que alguien le hacía señas para que se apresurara. Ya iban a partir. Más allá de las murallas y hasta el horizonte, se extendía, virgen y silente, el inmenso mar de dunas. Cruzó el umbral dejando la ciudad a sus espaldas.

# ÍNDICE

*Crónicas de Biodiversilandia*